قلادة العهد

II

هرقليون

قلادة العهد

Ahmed Gamal Abe El-Nasser Abd Abd El-Rahman

Published by Ahmed Gamal Abe El-Nasser Abd Abd El-Rah, 2021.

This is a work of fiction. Similarities to real people, places, or events are entirely coincidental.

هرقليون

First edition. July 31, 2021.

ISBN: 979-8215275580

Written by Ahmed Gamal Abe El-Nasser Abd Abd El-Rahman.

Also by Ahmed Gamal Abe El-Nasser Abd Abd El-Rahman

قلادة العهد
أرض جوش
هرقليون
رواية كهف الملح

Standalone
رواية المضطرب

حقوق الملكية الفكرية

" مَا مِن خَيَالٍ إِلَّا جزءٌ مِن حَقِيقَةٍ؛ لأنَّهُ لا يُمْكِنُ
لِلْخَيَالِ أن يُبْدَعَ مِن ٱلْعَدَم. "

الفصل الأول

كانا يستقلان سيارة أجرة من مطار مالطا الدولي قادمين عبر رحلة بحرية طويلة من ميناء الإسكندرية، وهما متجهين إلى فندق حجزه يحيى مسبقًا بأحد أشهر المواقع؛ ليقضيا ليلتين في العاصمة فاليتا قبل معاودة الارتحال بحرًا إلى ميناء نابولي الإيطالي. كانت الرحلة قصيرة وأمامهما عشرة أيام حتى يتسنى لهما قضاء العطلة السنوية. لقد خططت كارمن لزيارة العديد من العواصم الأوربية خلال فترة وجيزة من نابولي جنوبًا، انتهاءً بباريس شمالًا. لم يكن لديهما متسع من الوقت لقضائه في غرفة الفندق؛ لذا على عجل ألقى يحيى بالحقائب، وأخذا قسطا من الراحة قبل الخروج في رحلة استكشافية خلال فاليتا ذات المعالم السياحية الخلابة.

ـ تبدين جاهزة لتقديم فيلمك الوثائقي سأضغط على زر التسجيل وعند قول بدأ تبدئين على الفور استعدي.

قالها يحيى وهو يستعد للتصوير، فنظرت كارمن إلى الكاميرا وقالت :
ـ مرحبًا بكم في أجمل جزيرة بالبحر المتوسط من الولايات المتحدة جئنا لنستكشف معكم بعضًا من تاريخ هذه المدينة الفاتنة إن كنتم مستعدين اربطوا أحزمة الأمان وحضّروا أنفسكم للذهاب في جولة مثيرة لن تشاهدوا مثلها.

انتهت كارمن، واستعدت مع يحيى للعودة إلى الباخرة. وفي نابولي لم يمكثا سوى ساعات من النهار قليلة، وقررا الحصول عبر الإنترنت على تذكرتين من نوع يوريل باس. وفي ساعة متأخرة أسرعا للحاق بالقطار المتوجه إلى روما في وقته، فاستقر بهما المطاف في غرفة نوم مستقلة بإحدى عربات الدرجة الأولى. كانت كارمن تشعر بألم حاد يعتصر أمعاءها ورغبة بالتقيؤ، لكنها لم تفكر في إخبار زوجها كي لا تفسد عليه صفو رحلتهما؛ بينما كان يظن بأنها ليست على أفضل حال.

عندما كانت تجهز لتسجيل حلقة جديدة أحسَّ يحيى بأنها غير مستعدة، فاقترح عليها تأجيله لوقت لاحق. وكان قد حجز لهما غرفة مستقلة للنوم في إحدى عربات القطار الذي بدأ بالتحرك للتو، فشرعت كارمن بالاستلقاء فوق سرير مريح. ولقد حصلت على قدر كافٍ من المسكنات، فما لبثت أن وضعت رأسها على الوسادة حتى غطَّت في نوم عميق. وعلى عكسها كان يحيى يعاني من أرق حرمه النوم ليلتين كاملتين، لهذا خرج وذهب للتمشية داخل عربة القطار فائق السرعة، لربما التقط بعض الصور أو حصل على مقاطع فيديو مميزة، فالشغف نارٌ لا تخمد في رأسه. وبرغم أن القطار كان طائرا إلَّا أن العربة لم تكُ تعجُّ بضجيج صوته في الخارج، بل كانت تنعم بكثير من الهدوء والسكون. فجال بها حتى توجه إلى غرفة

بنهايتها ليحصل على قدر من الدخان. كانت بالغرفة امرأة سبعينية تدخن وما إن دخل عليها حتى أسهمته بكثير من نظرات حادة ذائبة بفضول، وشرعت بحديث معه دون انتظار.

ـ مرحبًا كيف حالك؟

ـ أنا بخير.

ـ هل أنت هنا بغرض السياحة؟

أجاب يحيى وهو ينظر إلى النافذة قائلا:ـ جئت أنا وزوجتي لقضاء عطلة.

ـ أنا أُدعى ماري وهذه المرة الثالثة التي أزور فيها روما كما تعلم فنحن في داخل الاتحاد الأوروبي ليست بيننا حدود كم هو رائع امتلاك المرء لحرية التنقل لكن أخبرني يبدو بأنك ذو ملامحَ شرق أوسطية هل أنت عربيٌّ؟

التفت إليها وقال:ـ أجل أنا مصري ومتزوج من أمريكية من أصول مصرية.

ـ من اللطيف أن أقابل رجلًا مصريًا لكني لا أعرف ما الذي يدعوك للزواج بسيدة أمريكية بلهاء؟

شعر بالإهانة فأسرع ليقول:ـ يبدو أنك امرأة سيئة الأدب لن يتسع صدري للتحدث مع امرأة شمطاء مثلك عن إذنك.

صاحت به ماري وهي تقول:ـ انتظر يا رجل أنا أتحدث إليك وليس من الذوق أبدًا أن تدير لسيدة إنجليزية ظهرك أثناء حديثها وتهرب هكذا إنني لم أقصد بالطبع إهانتها لكني لا أحترم تلك النساء الأمريكيات اللائي يفتقدن لكثير من الذوق والأدب وفلسفة الحياة.

أدار لها ظهره في تجاهل فأسهبت قائلة:ـ لقد زرت الولايات المتحدة كثيرًا ويمكنني الجزم بأن الشعب الأمريكي يفترض أن العالم شيء نسبي متغير وهذه فلسفة تذكرنا بالسفسطائي القديم الذي كان يعلِّم الناس نظير مبلغ أنك لا تستطيع أن تستحم في النهر مرتين إنها عقلية غير ناضجة جعلت منه مجتمعًا علمانيًا لا تسيطر عليه أيَّةُ تصورات كلية عن طبيعة الإنسان والكون وهذا الانفلات من الوعي الأخلاقي التاريخي جعل منه عقلًا ديناميكيًا متحررًا لأبعد حد ومتطلعا لمعرفة كل شيء بغض النظر عن الاعتبارات الجمالية أو حتى النتائج الإنسانية لتلك المعرفة. ظل يحيى يستمع إليها بوجوم غير مكترث لتعقيدات حديثها، فاستطردت قائلة :ـ دعني أوضح لك بمثال كتب مؤلف أمريكي كتابًا عن حسابات جورج واشنطن أثبت خلاله أنه كان مختلسًا تصور إن كان مؤسسها بهذا القدر من الفساد الأخلاقي فكيف ستكون تلك الدولة الجديدة الواعدة؟ إن الوجدان الأمريكي هو وجدان الرفض للتاريخ والتراث وجدان يسيطر عليه سيطرة كاملة سيل هادر من الفلسفة البراجماتية لا ينفك ينقطع.

انتبه لحديثها، ثم ابتسم وقال: ـ لا أختلف معك كثيرًا في هذا الأمر فقد يجهل الأمريكي موقع منطقة الخليج لأن ذلك لا تهمّه معرفته وهو يحب ألا يُصدِّع رأسه بالتفكير في الحقيقة وإنما فيما يريد أن يفعل وما تمليه عليه الاعتبارات الذاتية يحضرني مثلًا ما كان الكاتب الأمريكي البرجوازي إمرسون ينادي به بأن تفعل ما يرضيك فتحقيق الذات وليس معرفتها هو الخير الأسمى لذا يبدو مجتمعا أنانيًا في تفضيل شعبه وأمته على سائر الأمم لكنه وبلا أدنى شك استطاع أن يسيطر بثقافته على كل شعوب الأرض هذا بنظري نجاحٌ كبيرٌ للأمة الأمريكية ولمؤسسيها.

قهقهت ماري وهي تكفكف عقب السيجارة، ثم أردفت قائلة: ـ النجاح في قلب الحقائق هو نجاحهم الساحق لأنه بزمن الخداع العالمي يصبح قول الحقيقة عملًا بطوليًا. وفجأة حدث ارتطام هائل دفع يحيى بقوة، فاصطدم رأسه بالحائط وسقط، لكنه لم يلبث أن استعاد وعيه سريعًا، ليجد كل شيء حوله تحول إلى قطع متناثرة بكل مكان، ووجدها إلى جواره تنزف من رأسها. كان وقع الصدمة بليغا فهرول بالقطار وهو يصرخ عاليًا طلبا لنجدة المرأة الإنجليزية. وجد الركاب منقلبين يتألمون ويصيحون بالمساعدة. كان من الصعوبة النداء على كارمن وسط صراخ النساءِ، ونحيبِ الأطفالِ. كانت النوافذ أجمعها مهشمةً تقريبًا، وامتلأت العربات بدخانٍ غشى الوجوه. حاول اختراق العباب مُجاهدًا للبحث عن كارمن بين ركام الأمتعةِ والمصابين، وسط الضباب الغباري المنبعث بغزارة. اشتدت الصرخات والأنين لكنه عثر عليها وقد سقطت على الأرض، بينما الحقائبُ منهارةٌ على رأسِها، فأسرع بانتشالها من فوقها.

كانت القلادة بعنقها وقد جرحت صدرها، فمسح على وجهها مُجاهدًا لإفاقتها. بعد لحظات استعادت الوعي، وانفجرت بالصراخِ عندما وجدت الدم من جبهتها يسيل. مدَّ يحيى يده بإحدى الحقائب، وتناول قطعة قماش جافة، ثم وضعها على مكان النزيف؛ لِيُثَبِّط سَيْلَه، وطلب منها أن تضغط عليها بقوة. ثم حملها على ذراعه واندفع بها خارجا، ليجد المشهد يتعاظم ويشتد وقد بلغت الفوضى أوجها. في الأثناء كانوا يهربون نحو أبواب الطوارئ؛ نزولا من القطار الذي شرعت فيه النيران بالمقدمةِ. صاح أحد الركابِ قائلًا:

ـ أسرعوا جميعكم القطارُ سينفجر ماذا تنتظرون؟

وما لبث أن انتهى حتى تكدس الركاب فوق رؤوس بعضهم البعض لدى باب الطوارئ، يقودهم الخوف والرعب، فيما كان يحاول آخرون الفرار عبر النوافذ المدغدغة. كان الأمر مروعا في مشهد يصف مدى حرص ابن آدم على نفسه، فكانوا يتدافعون بمنتهى الوحشية بل يتقاتلون للوصول إلى الباب بجوار غرفة المدخنين. وجد يحيى ماري فاقدةً للوعي. طلبت منه كارمن الإسراع فساعدها على

النزول أولًا، لكنه عاد إليها ليحاول إنقاذها. حملها بين ذراعيه، وهمَّ بإخراجها وكارمن تساعده وتتلقفها منه، ثم أعقبهما نزولًا من العربة المشتعلة. بدا وكأنهم نجوا من الموت، فيما لم يسعف الحظ الكثير من المصابين. رأوا النيرانَ تُضْرَم في باقي العربات، فأخذوا يركضون بعيدًا بينما يحيى يحمل ماري التى من حسن الحظ أنها قليلةِ الحجم. وبدون أي إنذار مسبق انفجرت إحدى العربات في مقدمة القطار، خلال ذلك كانوا لا يزالون قريبين من أي احتمال خطورة. فصاحت كارمن:

ـ هيا يا يحيى أسرع ستنفجر مخازن الوقود.

فأجابها وهو يلهث قائلا :ـ لقد أصبحنا بعيدين عن خطر الانفجار دعينا نختبئ خلف تلك الشجرة الضخمة لتحمينا من الشظايا. ولم ينتهِ من حديثِه حتى دوَّى انفجار آخر ضخم، فجثيا على ركبتيهما. بعد لحظات من هدوء عقب الانفجار نظرت كارمن إلى يحيى بخوفٍ، وسألته قائلة: ـ هل نجونا؟ أوما إليها مذهولًا، وقد تضخم جفنه من الصدمة إذ يقول: ـ ليس بعد.

***

(التاسع من فبراير – 2020 م)

فـي المطبخ كانت كارمن تُجهِّز المائدة للفَطور عندما سمعت يحيى يصيح من غرفة النوم. على الفور أسرعت إليه فوجدته مستيقظًا والعرق يتصبب من جبينه بغزارة، ولم تكن أشهر الصيف قد اقتربت بعد. كان ذلك في صباح اليوم الموافق لعيد ميلاد كارمن، وقد اتفقا أن يحتفلا معًا. لم تنتظر حتى تفهم فيما بدا عليه أنه كان تحت تأثير كابوس مروع؛ وأسرعت لتجلب له كأس ماء يبلل بها فمه. ولمَّا هدأ روعه لم تحاول أن تسمع منه فقط داعبته بلطف، ثم قبَّلته ودعته لتناول الفطور. وعلى حوض غسيل الصحون بينما تقطع شرائح من الطماطم شبَّ لمساعدتها، لكنها نهرته برقة، وطلبت منه أن يبقى جالسًا في مكانه حتى يتحسن، فقال لها ممسكا برأسه:

ـ ما يزال يتملَّكني صداع لعين.

جلست كارمن على المنضدة ونظرت إلبه، فوجدته شاردًا بقطعة خبز صغيرة ظل يرفعها نحو فمه دون أن يأكلها. حاولت تنبيه وطرقتْ طرقتين، فانتبه لها ووضعها بفمه، فقالت :ـ لا أريد إزعاجك لكنك حتما ستخبرني أليس كذلك؟ ثم طرقت على كفه وقالت:ـ لا عليك دعنا نسرع حتى نتأخر عن موعدنا. نظر إليها مندهشًا وقال:ـ وهل نحن على موعد؟ فقالت:ـ يحيى هل نسيت؟ لدينا لقاء مع مستر سام رودريغيز بالسنترال بارك كنت أحسبك مستعدًا.

جدير بالذكر أن يحيى كان قد هاجر إلى الولايات المتحدة بعد اقترانه بكارمن قبل خمس سنين. وفي خلال السنة الأولى استئجرا شقة في إحدى البنايات السكنية بالحي العربي بمنطقة كوينز شرق نيويورك، وبرغم من أنه كان يقطع مسافة طويلة عن قلب المدينة الساهر إلّا أنه ما يزال يتذكر الأيام الدافئة التي قضياها في ذلك الحي النائي. كانت كارمن في تلك الفترة تسعى لدمجه في المجتمع الجديد، لكنه أبدى ذكاءً لافتًا ومرونة فائقة، وسريعًا ما بدأ يتأقلم ويلتحم بالثقافة الأمريكية وينخرط فيها؛ حتى يتمكن من توفير سبل العيش. لم يكن قد تمكن بعد من الحصول على الجنسية الأمريكية؛ وكانت هي من يتدبر أمور المعيشة، ومع أنها لم تر فرقًا ولم تُلق لهذا الوضع بالًا، إلّا أنها شعرتْ مع الوقت بأنه بات منزعجًا؛ لعدم قدرته على تلبية متطلبات المنزل واحتياجاتها، فاعتزم البحث عن عمل يحمِّله المسئولية. في الأثناء كانت كارمن تعمل في متحف التراث اليهودي القريب من ميدان التايم، فكانت تذهب للعمل طوال الأسبوع من العاشرة صباحًا حتى السادسة مساءً ما عدا يوم السبت، ومع غيابها عن المنزل لأوقات طويلة كان يشغل وقته في القراءة والتعلم. وانعكف على ممارسة الرياضة بإحدى الصالات القريبة. ولأنه

لم يكن بطاءٍ جيد؛ كان عليه الانتظار طويلًا حتى تعود زوجته وتعدّ له الطعام، مع ذلك فإنه كثيرًا ما اضطُرَ لطلب وجبات سريعة؛ فكارمن تتأخر عن موعد الغداء خاصة في مواسم السياحة من منتصف مايو إلى نهاية أكتوبر. لكن حتى في بعض الأيام العادية كانت تتأخر نظرًا لبعد مقر عملها جنوب مانهاتن عن مكان إقامتهما ببروكلين، مما كان يدفعها في أغلب الأحيان لأن تعتذر له وتطلب منه عدم انتظارها على الغدا.

كانت الأمور تسير على ما يرام، لكن بمرور الزمن لم يستطع يحيى تحمُّل المزيد من الفراغ في حياته، وبرغم أنهما كانا يقضيان وقتًا لطيفًا بيوم العطلة لم يجد بُدًّا من إخبارها بأنَّ عليه أن يسعى في عمل مناسب يشغل يومه الرتيب. بشكل لافت أبدت كارمن تعاطفًا واسعًا معه، واقترحت عليه أن يُقدِّم لوظيفة شاغرة في مكتبة نيويورك العامة، وبفضل إحدى صديقاتها تُدعى آنا غريغوفيتش عثر على وظيفة كمساعد خبير بقسم المواد الفوتوغرافية في مختبر الجولد سميث للصيانة، بعدما اجتاز الاختبارات المؤهلة لها. أخذ دورات مكثفة في المهارات العامة للحفاظ على مواد التصوير الفوتوغرافي وكانت أدنى متطلبات العمل امتلاك شهادة إجادة في المهارات التحليلية والمعالجة الطارئة للمواد الفوتوغرافية.

وفي العام الثالث دُعِي لحفل الحصول على الجنسية، الأمر الذي دعاه للتفكير بتوفير سكنٍ آخر بديل بمنطقة قريبة من وسط المدينة. وخلال السنتين الأوليين قدَّم على الماجستير في الدعاية والإعلان من أكاديمية نيويورك للأفلام بمنهاتن، وأمَّا كارمن فقررت تنظيم دورات تدريبية لتعليم الراغبين مبادئ اليوغا عبر قناتها الخاصة على اليوتيوب والتي تأخذ في الانتشار. لاحقًا اقترحت عليه تغيير سكنهما والانتقال للعيش ببروكلين إلى الشرق من مانهاتن. ذلك لأنها كانت تبحث عن سكن أكبر يسمح لها أن تستغل إحدى غرفه وتحويلها إلى أستوديو لتسجيل تمارين اليوغا التي كانت تمارسها بشكل معتاد خلال مدة إقامتها بمصر، وكانت تتردد على صالات اليوغا بالقاهرة، لكنها ارتأت أن تحول هوايتها إلى مادة تعليمية تساعدها على زيادة الدخل، فكان يحيى يشجعها على ذلك، ويحثها على المضي قدمًا بتطبيق ما تصبو إليه.

وبنفس العام انتقلا للسكن بشارع 77 في حي الباي بريدج غرب بروكلين، وهناك لم يكونا يعلمان بأن وجه حياتهما يوشك أن يتغير تغيرًا جذريًا. فقد سنحت الفرصة ليحيى بأن يدرك وظيفة براتب أعلى بشركة للدعاية والإعلان ، تلك الشركة التي احتفت منذ أعوام قليلة بإطلاق أكبر لوحة إعلان رقمية في العالم ترتفع لثمانية طوابق. وبإحدى الأيام سافر إلى دبي لتسجيل ورشة عمل دُعِيَ إليها مع صحفيين عرب وكبار المحررين إضافة إلى عدد من منتجي أشهر البرامج

الإخبارية، وكان لافتًا ما أكده الإعلاميين من أن المواطن الأمريكي يكتفي برؤية العالم عبر إعلامه المحلي، ويستقي ثقافته من شبكات التلفزة بالمرتبة الأولى، وهو يتعامل مع كل ما تبثُّه له كحقائق مطلقة، إلى جانب ميل كبار المراسلين إلى الإثارة والتلفيق، فيما طلب البعض اعتذارًا عما أسموه بتواطؤ الإعلام الأمريكي.

كان يحيى واقفًا بالشرفة يتناول فنجان قهوة لمَّا سمعها تنادي عليه، دعاها إليه، فجاءته وقد تبدلت ملامح وجهها، وكان بيدها القلادة عندما قالت:

ـ أنت هنا وقد بحَّ صوتي انظر ماذا وجدت فوق الفراش؟

أجابها بينما يلتقطها من يدها ويقول:ـ عجبًا كيف وجدتيها؟ فقالت :ـ وجدتها لتوي على فراشنا أسفل وسادتكَ. انتبه يحيى فقال : ـ لحظة أتذكر أنك كنت تحملينها بصدرك. ثم أردف وهو يستذكر قائلا :ـ وكنتِ تنزفين بشدة وقبلها تذكَّرتي بأنها أمانة من ليليان أعطتك إياها بغرفة الجماجم. فقالت كارمن بحيرة :ـ لكني ظننتها ضاعت وأن تعود لتظهر بشكل مفاجئ فهذا أمر مريب فيه إشارة.

الفصل الثاني

توجها إلى المحطة القريبة لحجز تذكرتين إلى مانهاتن، ثم انتقل بهما المترو إلى محطة شارع 57 بالقرب من حديقة السنترال بارك حيث كان اللقاء المتفق عليه على بعد خطوات من متحف الميتروبوليتان للفنون أمام بركة السلاحف.

قالت كارمن:

ـ مساء الخير سيد رودريغز هل تأخرنا عليك؟

فأجابها سام مازحًا: ـ نعم لكن ليس كثيرًا تفضلا. جلسا إلى جواره على حافة البركة، ثم عقَّبتْ كارمن قائلة: ـ معذرة تعلم الأحد غالبًا ما يكون متكدسًا. أضاف يحيى قائلًا: ـ لكن فيما يبدو أن لديك عملًا اليوم. ربتَّ سام على فخذه قائلًا: ـ لا عليك كان لدي ندوة قصيرة بالمتحف ضمَّت عددًا من الباحثين عن أطلال معبد هِرَقْليون الذي قُرنَت فيه عبادة الإله هرقل اليوناني ابن زيوس مع الإله خُنسو المصري ابن آمون وكما تقول قصص الإغريق أن باريس من طروادة أحب هيلينا زوجة الملك وهربا سويا إلى هرقليون على إثر ذلك اشتعلت الحرب بين سبارطة وطروادة في الحرب المعروفة بحصار طروادة.

ثم هزَّ رأسه في تودُّدٍ إلى و وهو يقول:ـ مع ذلك إيفاءً بالوعد تركت ما ورائي للاحتفال بعيد ميلادك ميسز زيدان. قالت كارمن وهي تشير لسام في ثناء: ـ هذا من دواعي سروري سيد رودريغز. ثم حاولت كسر بعض الجليد بأن قالت:ـ هذا يحيى كما أخبرتك عنه يحيى دعني أعرفك على السيد سام رودريغز إنه أمريكيٌّ عِصاميٌّ ورجل أعمال معروف وهو إلى جانب ذلك يرأس قسم الفن الشرقي في كلية الفنون والآداب بذات الجامعة التي أحضِّر بها رسالتي.

تابعت في مزحة قائلة: ـ وبالطبع لا أظن هذا المنصب هو مصدر ثروته الطائلة. ثم التفتت إلى سام وقالت: ـ أعلم أن امتلاك باخرة سياحية يحقق مكاسب خيالية. قهقه سام بزهوٍ في حين تستدير إلى يحيى، وأرفت بهمسٍ قائلة :ـ وإنه كذلك مالك الأميرة الكبرى. قال يحيى متعجبًا: ـ حقًّا سيد رودريغز! رسم سام علامة بإبهامه مؤيدًا لكلامها، ثم قال متفاخرًا: ـ إن القرش الذي تدخره اليوم هو القرش الذي تكسبه فيما بعد لقد كافحتُ كثيرًا لأصل إلى تلك الثروة فتم بناء أميرتي في ناجازاكي اليابانية بواسطة شركة ميتسوبيشي والآن أضحت مراهقة بعمر ستة عشر عامًا ورغم أنها ليست الوحيدة التي أمتلكها إلّا أنها تقدر بالباخرة الأقرب إلى قلبي.

قال يحيى بإعجاب:

ـ يا لك من أسطورة.

أردفت كارمن وهي تضحك قائلة :

ـ لطالما قلت له ذلك.

شكر لهما سام في إعزاز، ثم تابع وهو ينظر إلى يحيى قائلًا: ـ حدَّثتني زوجتُك عنكَ كثيرًا وكنت شغوفًا للتعرُّف عليك وأجدك كما وصفتكَ أسمر مفتولًا ووسيمًا كذلك يبدو أنها تحبك فهي لا تنفك تتحدث عنك فيما أخبرتني بأنك مصريٌّ أليس كذلك مستر زيدان؟

ـ بلى أنا مصري انتقلت للعيش بنيويورك مع كارما لطالما أحببت أن أطلق عليها اسم كارما فهي بالنسبة إليّ ليست مجرد زوجة بل رفيقة درب وكفاح ومعها سرُّ تغيرِ وجه حياتي بشكل كامل.

فقال سام مبهورًا: ـ من الرائع للغاية أن يجد الرجل امرأة لطيفة ورقيقة وحكيمة وجميلة كذلك مثلكِ سيدة كارما كما يحب زوجكِ مناداتك.

ابتسمت كارمن، وعانقت يدها بيد يحيى في دلال، فهمسَ في أذن سام قائلًا: ـ أما بالنسبة إلى موضوع كارما فيطول شرحه وربما علينا تأجيله حتى تلتحق آنا بنا هي على وصول اتصلت بها للتو وأكدت لي بأنها قادمة.

خطف منه سام طرف الحوار قائلًا: ـ تعرف ما يقولون لا يوجد وقت أفضل من الحاضر لكن لا مانع أن نؤجل بعض النقاشات لحين وصول صديقتكما الروسية. فعاد يحيى ليقول: ـ لكني أود منك سيد رودريغز أن تكون على أتم الاستعداد لمقابلة مدام غريغو فيتش.

طرق يحيى على كتفِه بلطف، بينما يردف قائلًا: ـ إنني لعلى يقين بأنها ستشعل حماسكَ نحو المزيد من الأسئلة والنقاشات الهادئة البنَّائة.

كان سام رجلًا سبعينيا أبيضَ وبدينًا مكتنز الوجه الحليق، قصير القامة ذا لغدٍ متضخم متدلٍّ، يخفي عنقا منضغطة فوق رابطة حيث كان معتادا على لبس البذلات الرسمية بكل مناسباته. إن أنفه الأفطس وعينيه الضيقتين الحسيرتين نوعًا ما وما يعلوهما من نظارة ذهبية صغيرة ذات عدسات دائرية. تُضفي عليه هيئة وقورة وحادة، ورغم ذلك لم يكن يجد حرجا بأن يكثر من استعمال كلمات بذيئة خلال حديثه الذي لا يخلو من الفكاهة. وعلى حين غرة انتفض ووقف منتبهًا أمامها، وقد لمعت عيناه بحماسة جارفة وهو يتأمل القلادة التي على صدرها، حتى انتبه له يحيى فقال سام :

ـ هذه قلادة ساحرة هل لي أن أسألك سيدتي من أين لك بها؟

لم يكن الأمر لطيفًا وحاولت كارمن أن تصرف نظره عنها بشكل مهذب، ورغم أنها شعرت ببعض التردد أول الأمر، مع ذلك فضَّلت ألّا تتجاوز سؤاله، حتى لا يساوره شكٌّ في أمرها. كانت القلادة المثيرة عبارة عن حلقة ترس مفرغة ذهبية، تحمل في قلبها فرجارًا وزاويتين هندسيتين، يتداخلان بينما يتصلان عند

الأطراف ببراعة، مكونين شكل نجمة سداسية أرجوانية ذات فصوص صفراء لامعة. تنهدت كارمن وأجابته: - يبدو أنها تروق لك سيد رودريغز إنها حقًّا مثيرة للفضول وحقيقة الأمر أننا حصلنا عليها خلال زيارة لدير سانت كاترين منذ خمسة أعوام.

بدا على سام الاهتمام، فقال بتحمُّس :- بالرغم من أننا نعرف بعضنا منذ زمن إلا أنها المرة الأولى التي أراها فيها بعنق. بدأ يحيى يشعر بالتململ، في حين استقامت كارمن في جِلستها، وأحدَّت النظر إلى زوجها بارتباك، فحاول فضَّ انتباهه. جذب تركيزه إلى حادثة اصطدام دراجةِ شابٍّ مراهقٍ بعربة طفلٍ رضيع كان يلعب أمامهم. استدار سام وأسرعت كارمن نحو الرضيع لتَطْمئن على سلامته، حتى جاءت أمُّه فتناولته، ووبخت الشاب صاحب الدراجة بأشد عبارات الاستهجان، لكنه اعتذر إليها بشدة، حتى عادوا أدراجهم، وفيما بدا أنه أصابه شيئا من السحر عند رؤيته لها. أقبلت صديقتهما من خلفهم وألقت عليهم التحية فتَزحزحَ يحيى ليفسح لها مكانًا.

كانت آنا مواطنةٌ أمريكية ولدت لأب روسي وأم أوكرانية، عاشت طفولة بائسة في راستوف على ضفاف نهر الدون. كان أبويها يعملان بالزراعة وصناعة الأجبان والنبيذ العذب، بجانب رعاية مزرعة صغيرة على الحدود مع أوكرانيا بها عدد لا بأس منه من الأبقار والخنازير، وبانفصالهما بعد انهيار الاتحاد السوفيتي استقرت أمها في الولايات المتحدة بينما هاجر أبوها للعمل في إسرائيل، لكنها كانت تذهب لزيارته كل إجازة صيف. كانت مُقرَّبة لكارمن، ونشأت صداقتهما في مصر خلال زيارة طويلة بَقَيَتْ فيها آنا بحي الدقي، برفقة زوجها الذي يعمل مُلحقًا عسكريًّا في سفارة الاتحاد الروسي بالجيزة، لكن تلك الصداقة ما لبثت أن توطدت فيما بعد عندما صادف أن تحدثت إليها كارمن بعد استقرارها في نيويورك، لتتفاجأ بأن آنا انتقلت للإقامة في الولايات المتحدة، وتعمل صحفية تقصّي أخبار في جريدة نيويورك تايمز العالمية، كما أن لها نشاطًا بارزًا في جمعية التعاون الثقافي الروسي الأمريكي. ويَكِنّ يحيى لها الفضل بالتوصية عليه لاجتياز الاختبارات، ولا يزال يُثَمِّن لها موقفها النبيل. تبدو آنا امرأةً شديدة بياض الوجه متوسطة الطول ذات قوام متناسق، حوّاءً لها أنف صغير وعينان نجلاوان شديدا سواد الحدقة مع شعرٍ بني لامع مرسل على ظهرها، لكنها تخفي وراء ملامحها الفاتنة والرقيقة ذكاءً منقطع النظير.

بادرت كارمن بتقديم صديقتها لسام الذي عرَّفته عليها، فقالت آنا:
- من حسن حظي أن ألتقي بك سيد رودريغز وقد كنتُ أطمع في لقاء صحفي معكم.

أجابها سام بأسلوب ودود قائلًا:

ـ على الرحب والسعة مدام غريغوفيتش أنت مدعوة غدًا بمكتبي للرد على كل تساؤلاتك واستفسارات.

علَّق يحيى قائلًا: ـ رائع آنا إن للحظ عادة مميزة فهو يفضل أولئك الذين لا يعتمدون عليه مثلك. ثم قهقه متابعًا قوله :ـ لكن سيد رودريغز احرص ألا تكون إجاباتك دبلوماسية بشكل مبالغ لأن آنا مُحاوِرة مُحنَّكة ومُخضرمة ويمكنها أن تلتقط الأجوبة المرغوبة من لبِّك مهما حاولت التهرب أو المراوغة.

بمنتهى النشاط والحيوية دبَّ فيهم الضحك. كانت آنا تحدج كارمن بفضول من حين إلى آخر، بعدما وقعت عينها على القلادة التي بعنقها، لكنها انشغلت بالحديث مع سام بينما كانوا يتجولون داخل السنترال بارك. في الأثناء اتصلت مدام رودريغز، فرَدَّ سام عليها وقد ظهر عليه شدة الانفعال المفاجئ وهم يسمعونه يقول لها: ـ إنني نبهت عليك عدة مرات ألا تكرري الاتصال بي عندما أكون بالخارج من غير المعقول أن أجيب عليك كل نصف ساعة.

ثم أنهى حديثه معها مباشرة، مغلقًا المكالمة دون وداع. فأسرعت آنا قائلة: ـ ألا يبدو من كلامك بأنك شوفيني وعنصري إلى حد ما تجاه النساء؟

فأجابها قائلًا: ـ مطلقا فأنا مع قضايا المرأة والمساواة هكذا ربيت ابنتي وهكذا أتعامل مع زوجتي إنها واحدة من أهم القيم التي علَّمتها لنا أمريك. لم تعطه آنا فرصة لمواصلة حديثه، فقاطعته قائلة: ـ وهل تُعلِّمنا أيضًا أن الجندية الأمريكية الموجودة في مناطق الاقتتال يمكنها التعرض للاغتصاب من زميل لها أكثر من تعرضها للقتل بنيران العدو؟ حتى وإن أرادت الإبلاغ فعليها أن تتبع التسلسل القيادي المعهود بالجيش بمنتهى السخف في محاولة لإسكات صوتها وإجبارها على فعل ما لا ترغب بفعله.

امتعض سام من كلامها، فهز رأسه نافيًا: ـ لا ليس بالضبط إنه جزء من لقاء تليفزيوني عبر سكايب مع روسيا اليوم وقد أثار ضجة كبيرة على مواقع التواصل الاجتماعي على الرغم من أنني لست أول من يتطرق له فقد سبقتني إليه تغريدة الرئيس الحالي. ثم أردف قائلًا :ـ ربما أنه قصد خطة لتقليل مثل تلك الممارسات الفردية عن طريق السماح بالتجنيد فقط للنساء اللوائي يصنفهن بالمقياس السادس أو أقل في قدر الجمال.

اقتحمت كارمن الحوار بهدوءٍ قائلة: ـ الأمر ليس بتلك السطحية التي يراها الرئيس فقد خرجت تقارير للوول ستريت جورنال قائلة إن الاعتداءات الجنسية العسكرية لن تختفي كمشكلة بل حتى الطالبات في المدارس العسكرية ليس لديهن الرغبة في الإبلاغ بشكل رسمي عن واقعة اعتداء تحدث لإحداهن.

ـ في النيويورك تايمز هناك تقارير تحدثت عن ارتفاع نسبتها بشكل حاد وملحوظ في الآونة الأخيرة خاصة بالقواعد العسكرية والبحارة على متن السفن هم الأكثر عرضة لمثل تلك الأفعال الممنهج.

أوضحت آنا ذلك بثقة، ما استفز سام ليقول: ـ لن تقدر على عمل أومليت بدون كسر بعض البيض علينا تجاهل مثل تلك الشائعات التي لا جدوى منها فهي ضريبة تربع الجيش الأمريكي على عرش أقوى الجيوش بالعالم.

خلال ذلك وصلوا إلى مسلة كليوباترا التاريخية، وأعربوا عن رغبتهم بالتقاط صور للذكرى. علَّق يحيى وهو ينظر إليها في شموخ: ـ علمت أن بعد نقلها في سفينة خاصة عبر المتوسط ثم الأطلسي أخذت نحو أربعة أشهر لنقلها من ضفة نهر هيدسون إلي ستاتن آيلاند ومن ثم إلى هنا حيث مقرها الأخير في قلب السنترال بارك. فأجابه سام قائلا :

ـ سليم ومن حسن الحظ أنها لم تغرق كما غرق تمثال كليوباترا في أعماق هِرَقْليون.

قالت آنا وهي تبتسم: ـ هدية ثمينة مثل تلك المسلة تدعم القول بأن أمريكا مدينة لمصر بهذا السخاء المفرط. أجابها يحيى ممتعضًا :ـ إنه إهداء من لا يملك لمن لا يستحق. نظرت إليه كارمن وهي تقول: ـ لكن لا تنسَ أن عبد الناصر أيضًا أهدى الولايات المتحدة معبد دندور كاملًا وهذا معروف ومسجل. جادلتها آنا قائلة: ـ الأمر ليس فيمن أهدى بالنهاية تبقى هذه المسلة الخالدة شامخةً في كبرى عواصم العالم إنها قوة ناعمة إن أبغت مصر استغلالها حق استغلال. تدخَّل سام بقوله :ـ على كل حال يبدو أننا نُقدِّر الحضارة المصرية القديمة ونثمِّن آثارها أكثر منكم والدليل أن متحف الميتروبوليتان يحيي ذكرى هِرَقْليون المعروفة بأطلانتس المصرية وعقدوا ندوة لثلاثة أيام دعيت فيها نخبة من أكبر علماء الآثار البحرية حول العالم إلى جانب فريق من المعهد الأوروبي للآثار الغارقة.

حان وقت الغداء في نهار يومٍ ثلجي عاصف، فمضوا جميعًا في طريقهم إلى أحد المطاعم القريبة. كان سام يعرف مطعمًا فاخرًا ورائعًا بالقرب من السنترال بارك فقادهم إليه. وفي الطريق كانت نُدَف الثلج المتساقطة تُنَدِّي الأجبنة وتدعو للتسلية. فصنع يحيى بعض الكرات من الثلج ورشق كارمن بها مشاغبًا، وفيما يبدو أنها قد استفزها ذلك، فراحت تصنع مثله، ثم شاركتهما آنا، ما أثار حماس الرجل السبعيني الذي انغمس معهم فاللعب في بهجة دافئة غمرت الأصدقاء، وأنستهم برودة الطقس. وطوال مسيرهم كانوا يحاكون ويتغنُّون بأوبرا كارمن، تلك الغجرية التي تؤمن بحرية جسدها، وتتنقل كالفراشة بين وردة وأخرى، ولكنها تدفع حياتها ثمنًا لتحررها، فيما سام يحكي لهم عن هوسه بالتمثيل، وعن أول

مسرحية مدرسية قام فيها بدور الدون جوزيه ذلك العاشق المسكين الذي أغرته كارمن. كانوا يرتمون ضحكًا كلما أدَّى بصوتٍ مسرحي منكسر وفكاهي، وهو يردد قائلًا :

ـ لقد قتلت المرأة التي أحب.

في المطعم كانت أجواء الصداقة الحميمة حارَّة إلى حد ما، فخلعوا معاطفهم، وتبعوا النادل إلى طاولتهم المحجوزة باسم كارمن. كان الضحك ينضح بوجوههم وأجسادهم تنشط من فورته التي أذابت كل إحساسٍ بالصقيع. لأصوات الضحك نكهة مختلفة عندما تكون بين الأصدقاء، فبادر يحيى بحقن المزيد من جرعات المزاح، عندما توجه إلى آنا بسؤال عن زوجته، قائلًا : ـ لقد كنا نتحدث عنك فمنذ أن أطلقت عليها اسم كارما وأنا لا أنفّك عن مناداتها به فهلّا حدَّثت سيد رودريغز عن سبب التسمية؟ لكن أولًا دعيني أُخبره أنك تتشاركين معها بهوسِكما بعلوم الطاقة وقوانين التأمل وممارسة اليوغا أليس كذلك؟

اعتدلت آنا قائلة. ـ بلى لكن بداية دعوني أُعرّفكم على معنى الكارما بأنها عملية حصاد طاقي أنت واعٍ أو غير واعٍ له. فقال سام مُقاطعًا بصفاقة : ـ لا أرجوك يبدو من الأفضل توضيح الكُلام بشكلٍ مُبسط. أومأت برأسها وأردفت قائلة :ـ أنت تقاطعني سيد رودريغز ولو تتمهَّل لشرعتُ بتفسير كلامي على نحو أبسط على كل حال هل تعلم أن أي تطبيقٍ في الكون ممكن أن يكون مُعقَّدًا لكن على مستوى المبدأ ربما يكون بسيطًا للغاية.

وافقتها كارمن فقالت: ـ يلفتني قول البعض إنهم يملكون حظًّا سعيدًا والواقع أنه ليس هناك من يملك حظًا سعيدًا وآخر سيئًا لأن هذا المبدأ يشي بسرٍّ خطير وهو أن أي إنسان يمكنه أن يكون سعيد الحظ عندما يكون في المكان والزمان الصحيحين بكل لحظة.

فأردفت آنا بحماس قائلة :ـ وعندما يُمرّن المرء ذهنه بالتفكير بكل وقت بأنه بمكان وزمان مناسبين لتَمَكَّن من جلب حسن الحظ إليه بكل يسرٍ وسهولة. قال يحيى معقبًا: ـ تذكَّرتُ يا آنا عندما أخبرَتني كارمن ذات يوم أن الواقع انعكاسٌ للمنظور الطاقي بداخلنا. نظرت إليه كارمن وقالت:ـ بلا شك فمثلا إذا فاتك القطار يمكن لعقلك الباطني التفسير بأنك سيئ الحظ بينما إذا مرنت عقلك على الاستجابة للمواقف من هذا المنظور فبإمكانه أن يرى الجانب الإيجابي لعدم لحاقك بالقطار وهو أنك بالمكان والزمان المناسبين لعمل شيء آخر أهم.

ـ إن اللحظة هي الحقيقة الوحيدة التي لا نشعر بها ولا ندرك أهميتها.

قالها سام ثم صبَّ بفمه زجاجة جعة جُرعةً واحدة. أردفت آنا بقولها: ـ إننا نحصد ما نزرعه فأفكارنا وأعمالنا لها تداعيات سواء كانت جيدة أم سيئة فإذا كنتَ تُريد السلام والحب والوئام والإزدهار يجب أن تتصرف وفقًا لذلك.

فرقع يحيى بإصبعيهِ، وقال: ـ حضرني قول المناضل الهندي غاندي إن الإنسان نتاجُ أفكاره كما أنه يمكنه ما يُصبح أن يفكر فيه. التقطت كارمن طرفًا من الحديث، وقالت مُسْرِدةً: ـ علينا تقبل الأشياء كما هي لأن رفضها لن يغير شيئًا والقبول فضيلةٌ عالمية تساعدنا على التغيير. فابتسم ابتسامة واثقة قائلاً: ـ لكِ الفضل بتبصرتي إلى الجوانب التي لطالما انصرفتُ عنها ويحضرُني من كلامك أنه من الممكن الهروب من العمل لكن هذا النشاط النبيل يعزز في أنفسنا معنى المقاومة وقيمة الكفاح ومجاهدة النفس على الكدِّ والصبر عليه كما أن المكافأة ليست هي الغاية ولكنها تملأنا بالسعادة والفخر عندما نُتَمّم أصعب المهام.

انبسطت أسارير كارمن التي نظرت إليها آنا قائلة :ـ التغيير سمة الناجحين لأننا ما لم نتغير سيعيد التاريخ نفسه بمقدار السوء الذي كان عليه فطالما لا تتبنى موقفًا إيجابيًا لن تغير شيئًا وستكرر المشكلات نفسها في المستقبل.

أضاف يحيى قائلًا: ـ في القرآن يقول تعالى إِنَّ اللهَ لَا يُغَيِّرُ مَا بِقَوْمٍ حَتَّى يُغَيِّرُوا مَا بِأَنْفُسِهِمْ والمعنى أن الله لا يسلب قومًا نعمة أنعمها عليهم حتى يغيروا ما كانوا عليه من الطاعة والإصلاح ويستبدلوهما بالإنكار والإفساد وأرى أنه يجوز فهمها بمعنى أن الله لا يبدل حال البشر من الشقاء إلى الرغد إلا عندما يبدؤون بتغيير ما بصدورهم من غل وأحقاد.

شردت آنا قليلًا، لكن سام سارع ليقول :ـ من غير المجدي النظر خلفك لأن استحضار الماضي السيئ يسمم حاضرك ويرسم أمامك مستقبلًا معيبًا ومشوهًا لذا دعونا نحرص على إحاطة أنفسنا بالمحبة والتسامح والمشاعر النقية.

ثم ضحك بسماجة وقال بينما ينفث دخانه: ـ هيْ ميِّز كارماتا أليس كذلك؟ فمازحته كارمن قائلة: ـ يثيرني هذا اسمي عندما أسمعه منك سيد رودريغز. وضحكت، فأردف سام قائلًا: ـ أنتِ كارما بحق اسمٌ على مسمى وإنكِ لمحظوظة برَجُلٍ مهذبٍ ولبق كمستر زيدان. فشكر له يحيى إطرائه، لكن كارمن أجابته بقولها: ـ اتفقنا أننا من نجلب لأنفسنا الحظ الجيد أوالسيئ ولأنني أحسنت اختياره لذا اعتبرتَه حسنَ حظ لكني أيضًا مَرَرْت بمواقف استثنائية ولتفوقي واجتهادي حصلت على منحة دراسية لدخول الجامعة هكذا جاء الظن بأنني فتاةً محظوظة فالرسوم الجامعية باهظةٌ بشدة والكثير من الأمريكيين لا يتمكنون من الحصول على شهادة البكالريوس.

قال سام مبررًا: ـ سيدتي الجامعات الأمريكية كيانات قديمة تتميز ببروقراطية عالية وصعبة التغيير. استهجنت آنا ذلك فقالت بحدة: ـ لكن السياسة الإقتصادية الأمريكية غبيةٌ لحدٍّ كبير إذ إن استيراد الخبرات من الخارج هو أرخص وأسهل والتكاليف الجامعية العالية تقود الشباب إلى القروض التعليمية وفيما يبدو أن أمريكا تخطط لجعل مواطنيها سلالة من المديونين الذين تلاحقهم الديون مدى الحياة.

أردف يحيى قائلًا: ـ إنه سوءُ تخطيطٍ يُنْذِرُ بكارثة قد تغرق فيها الولايات المتحدة.

أيدته كارمن بقولها: ـ وهذا ما جعل صناعات كثيرة كانت أمريكية وتحولت لشركات مستورَدة وأخرى أُغْلَقت وسرَّحت موظفيها. ثم تبعتها آنا قائلة: ـ إن هنالك الكثير من الأمريكيين يخسرون أعمالهم يوميًا بشكل ملحوظ. رفع يحيى سبابته، وأشار بها تأكيدًا على كلامهما قائلًا: ـ إنها أمريكا يا أصدقاء أرض الأحلام التي تخفي وجهها الحقيقي عن العالم.

ـ تعرفون ياشباب إن أكثر ما يزعجني في هذه البلاد هو مناظر الرجال والفتيات السمان بكل مكان هه لم يعد صحيحًا أن الأمريكيين الملونين من يستأثرون بتلك الخصال بل تسللت إلى أصحاب البشرة البيضاء مثلي أتنظرون كم أنا بدين أوه لكن ليس كثيرً.

قالها سام بينما يضيف المزيد من عجين الطماطم على قطعة كبيرة من البيتزا المقلية، حتى التهمها سريعًا. وأردف قائلا :ـ ممم لذيذ تعلمون بأن وزارة الزراعة حذرت من الإفراط في تناول الوجبات السريعة. ثم هأهأ وما زالت المضغة في فمه لم يبلعها. تناول رشفةً ساقعة من مشروب ماكينة الصودا الفورية. ثم استكمل قائلًا: ـ ولكن الكونغرس الأمريكي هو الجهة المنوط بها وضع التشريعات وإصدار القوانين اللازمة للحد من تلك الظاهرة.

عقَّبت كارمن على كلامه قائلة: ـ ليس بمقدور الكونغرس أن يتحرك قُدُمًا للحل لأن لوبي الصناعات الغذائية هدفه الضغط على صانعي القرار في أمريكا لخدمة مصالحهم عن طريق الإغراء بالمال أو التهديد بالإفلاس حتى يُفسَح لهم المجال كي يَضُخوا منتجاتهم في المدارس.

اعترض سام فقال لها: ـ ليس صحيحًا تمامًا كل ما هنالك أن الشعب الأمريكي لا يقرأ وإن قرأوا فإنهم لا يفقهون وإن فهموا لن يتوقفوا عن تلك العادات غير المستحبة.

سخرت آنا قائلة: ـ من الأفضل لأمريكا أن يُعلِّموا أطفالهم كيفية التسول من مكاتب البطالة بدلًا من الاستدانة طوال حياتهم. عقَّبت كارمن بقولها: ـ ويفضل

حمل إثبات على أنك كنت تشغل عملًا سابقًا لمدة ستة أشهر على الأقل حتى يمكنك تقاضي بدل بطالة مقابل نصف راتبك السابق قبل أن تُرغم على ترك العمل. اتفق معها يحيى فقال :ـ تبدو السياسة الأمريكية تسهم بشكل عفوي أو متعمد في تشريد مواطنيها. فردَّ عليه سام بزهو قائلا :ـ إنها أمريكا العظمى ولا يمكننا تخيل ترك البسطاء في شظفِ العيش كان علينا أن نتكفل بالنشء من خلال برنامج رعاية الطفل الذي جعل الناس ينجبون دون خوف.

استنكرت كارمن كلامه، لذا قالت معترِضَة: ـ اسمحلي سيد رودريغز إنهم يصرفون تلك الأموال على المخدرات. ثم ضحكت وهي تضيف معجون طماطم إلى طبق المكرونة بالحليب وتقول :ـ يُذكِرُني ذلك بكاريكاتير كان فيه طابور طويل لراغبي العمل يسأل أحدهم في آخر الصف شابا أمامه ويقول له طالما أنك لم تتخرج فلمَ أنت هنا؟ فيجيبه حتى يضمن لنفسه فرصة أفضل بعد التخرج. ثم تنهدت قليلًا، وواصلت تناول طعامها بالشوكة.

استأذنت آنا وكارمن لشطف أيديهما بعدما انتهيا من الطعام. كانت آنا سعيدة بذلك اليوم الظريف الذي تقضيَه مع الأصدقاء، ووقفت كارمن أمام الحوض، ثم سكبت الماء على وجهها الخالي من المساحيق، ونظرت في المرآة فإذا بها تضطرب. ذلك عندما لمحت صديقتها تحدُّ النظر في قلادتها ما أحدث توتّرًا طفيفًا لديها. ليس ذلك وحسب بل دفع الفضول آنا إلى سؤالها عن مصدرها، وهو ذاته السؤال الذي ألقاه سام عليها قبلها ما جعلها تتعجب. اقتربت منها كارمن وقالت: ـ آنا أنت صديقة مقرَّبة أريد أن أعرف منك السر الذي يجعل من هذه القلادة سحرا للأنظار بهذا الشكل؟

أجابتها آنا في ثمة ذهول قائلة :ـ ظننتُك تعلمين الجواب. فقالت كارمن :ـ صراحةً لقد رأيت في عينك لمعانًا برّاقًا لم أعهده فيك عندما وقعتُ عليها. أردفت آنا بتعجب قائلة: ـ أظن أننا نتفق على أنها تبدو أصلية بل على الأرجح من نوع تاريخي. ابتسمت كارمن وقالت :ـ غريبٌ كلامَك برغم فضولك الصحفي لا أظن أنك عملت في التنقيب عن الآثار من قبل.

رفعت آنا حاجبها وقالت:ـ ليس بالظبط. ثم نزعتها من رقبة كارمن التي انفعلت من تصرفها، ووقفت بعيدًا بينما آنا ترتدي القلادة برأسها. للحظات ظلت تحملق مفتونةً في المرآة، ثم استدارت وأخذت تنادي على كارمن من حولها دون أي أثر.

ـ لقد اختفت مذ لحظة كانت تقف إلى جانبي يبدو أنها تضايقت من تصرفي معها.

قالتها آنا في سِرِّها بينما تسرع خلف كارمن، لتجد المطعم منضرمة فيه النيران بينما أغشى الدخان الثقيل أي أثر لهم. كان مشهدا هوليوديًّا غير مُصدَّق، الدخان بدأ في الازدياد والاقتراب وكأنما يختطفها بداخله. لم تنشأ المجازفة بحياتها فعادت مسرعةً ونظرت إلى نفسها في المرآة، فإذا بها تجد أمرًا عجيبا. اكتشفت نفسها مُرتدية ملابسَ غريبة، بدت فيها بزي قديم فتّان لأميرة أو ملكة متوَّجة من العصور القديمة. فزعت ولم تتردد بخلعها لتُفاجأ بنفسها تعود بشكل مذهل إلى سيرتها الأولى. ثم ركضت خارجة وبدا كل شيء كأنه لم يكن، فهرعت إلى طاولة الطعام التي كانوا يجلسون عليها، لكنها لم تجد أحدًا منهم على الإطلاق. أسرعت إلى النادل الذي أخبرها بأن أصدقاءها رحلوا. وضعت القلادة بحقيبتها، وأسرعت بالخروج بحثا عنهم. لكنها وقفت قبل المطعم لبرهة، وأخذت تنظر يمينًا ويسارًا حتى عادت إلى النادل فأخبرها بأنه رآهم يمضون مباشرة إلى الأمام بمحاذاة الشارع.

ركضت بسرعة حتى اجتازت سورا عاليا، وبعدها تمكنت من رؤيتهم، فأخذت تنادي عليهم بكل ما أوتيت من قوة دون فائدة. في الأثناء هرع وراءها النادل فقامت خلفه فتاة تسأله عمَّا يجري، فأخبرها بأنه سمع امرأة تصيح قائلة :ـ لقد اختفت. وقال إن رجلين اندفعا للبحث عن صديقتهم الرابعة وكأن الأرض انشقت وبلعتها، فعادا واجمين. وأخبرها أن الرجل السبعيني قد همس إليه؛ ليحذِّره من التفوه لأحد بما رأى. ثم التفت النادل إلى الفتاة، وسألها:

ـ لماذا تهتمين بذلك؟ هل أنتِ صحفية؟

فأومأت برأسها نافيةً.

كانت آنا تشعر بالخوف، وغمرها إحساس بأنها تَلَبَّست بشيطانٍ ما نتيجة سحر منبعث من تلك القلادة. وظلت تصرخ فيهم بقوة لينتبهوا، فمرت دقائق تركض خلفهم بلا أمل في سماعهم لها، خاصةً عندما حال بينها وبينهم تظاهرة صغيرة في أحد الشوارع تتجه نحو برج ترامب في قلب مانهاتن، احتجاجًا على تصويت مجلس الشيوخ على تبرئة الرئيس في ختام محاكمته بتهمة إساءة استخدام مهام منصبه.ما عاد بإمكانها رؤيتهم فالتظاهرة حجبت ظِلَّهم، لكن ما إن مرَّت حتى أدركتهم، فسمعوا صياحها وهرعوا نحوها ولمّا اقتربوا منها صاحت كارمن فزعًا لتسألها عما جرى. لكنها أمرتها بتوتر شديد أن توضح لها أولًا ما حدث عندما ارتدت القلادة؟ أخبرتها كارمن بمجرد أنه وضعتها حول رقبتها لم تمض ثوانٍ حتى اختفت أمام المرآة، ولم يبق لها أثرا. حاول يحيى التهدئة من فزعها لكنها ظلت ترتجف كالمحمومة؛ لذلك توقفوا قليلًا عند الإشارة لتلتقط أنفاسها، ثم دعاهم سام للركوب في سيارته المركونة عند إحدى النواصي.

وفي السيّارة جلست بجوار سام ومن خلفهما جلسا يحيى وكارمن. مرت دقائق والجميع لا ينبث ببنت شفة مكتفين بالتحديق صامتين. وبينما كان سام منتبها للقيادة سأل يحيى آنا عن القلادة، فتلعثمت ثم ادعت بأنها لا تتذكر أين وضعتها. أسرعت قائلة بأنها عادت للواقع عندما خلعتها، رغم أنها شعرت بأن شيئًا يمنعها عن ذلك. سألها سام عما رأته فأخبرته بأنها رأت نارًا مستعرة في المطعم بأكمله. ثم رَوَت لهم أنه بينما نظرت إلى المرآة لم تجد أثرًا لكارمن. فقالت كارمن غاضبة:

ـ أنتِ من البداية أخذتيها رغمًا عني.

فأجابتها آنا بهدوء قائلة:

ـ لم أتصور أن ذلك سيزعجك تعلمين ماذا وجدت؟ لقد شاهدت نفسي وقد تبدلت ملابسي إلى أخرى أسطورية عجيبة.

نظروا لبعضهم البعض وقد توشَّحتْ وجوههم بالحيرة مما يسمعون. تذكَّر يحيى ما حدث معه، ولمَّا سئل عنها حكى لهم عن النار التي كانت تملأ أركان عربة القطار. وعلى الرغم من ذلك فإن سام ظل صامتًا بحذر أغلب الوقت، حتى ركن سيارته أمام أحد المولات الكبرى. ثم دعاهم للنزول وقد كادوا ينسون حاجتهم للتبضُّع وشراء حاجيات عيد الميلاد الذي اقترح عليهم سام إقامته في منزله. دخلوا إلى المتجر كمن يفعل ذلك مضطرًا فيما عدا سام الذي ظهر عليه الاهتمام. كانوا يتجولون بين المنتجات بنظرات غير مبالية. طلب سام من يحيى أن يلقي نظرة معه على بعض الجوارب. ثم قال فيما بدا ساخرا :ـ يا لنا من محظوظين انظر عشرة أزواج من الجوارب بدولارين مقابل خمسة دولارات لعشرة أزواج نسائية حصلت عليهم زوجتي من المتجر الأسبوع الماضي أوه يا لهم من ماكرين إنهم يعرفون كيف يتلاعبون بالألفاظ لتسويق منتجاتهم انظر ماذا كتبوا عليها؟ ثمرة نتاج النول اليدوي الممتاز لقد اقتبسوها من الإنجيل ليتكسّبوا منها ربحًا أفضل.

ورغم أن يحيى لم يكن يكثرث إلا أنه قال: ـ يبدو أن جمعيات حماية حقوق المستهلك ما زالت تتغاضى عن التمييز ضد المرأة حتى في الأسعار.

في الأثناء وفي الجانب الآخر حيث القسم الحريمي قالت آنا بغضب:

ـ من الحماقة أن تشتري الواحدة منا بلوزة بمثل هذا السعر الجنوني.

فأجابتها كارمن بصوتٍ منهك قائلة :

ـ هذا بخلاف ما تحتاجينه لدفع فاتورة غسيل البخار الخاص بها تبًّا لهم.

ـ لقد صرَّح أوباما ذات يوم بأنه يرغب في خفض قيمة الفاتورة التي تجحف النساء ولا تساويهن بالرجال.

قالتها آنا في سآمة، فعلقت كارمن قائلة: ـ في واقع الأمر تحتاجين للعمل بوظيفتين حتى تستطيعي الحصول على راتب مساوٍ للرجل في وظيفة واحدة بعدد الساعات نفسها.

وفي أثناء ما كان سام يلتقط إحدى البذلات ويقلّبها على كل الأوجه قال :ـ دائمًا ما أتشاجر مع زوجتي فمن شدة غيظها اعتادت أن تقول لي لكن تذكر أنه يمكنني فعل أي شيء كالرجال وغالبًا ما أسخر منها قاصدًا إغاظتها. قالها بينما يمتنع عن الرد على اتصال زوجته، فردَّ عليه يحيى بالقول :ـ على ذكر ما تقول سأريكَ صورةً رأيتها على الإنستغرام لقالب شيكولاتة ماركة ماستر وقد استبدلوه بـميسيز ثم لصقوا عبارة أسفلها تقول إنها أرخص عشرون بالمئة في إشارة إلى أنه بالرغم من كونها الشيكولاتة ذاتها إلا أنها أرخص لمجرد حملها اسمًا أنثويًّا.

ـ ولكن لا تنسى إن العشب هو دائمًا أكثر اخضرارًا على الجانب الآخر من السياج.

قالها سام بحماسٍ زائف. وفجأة سمعوا صوت جرس إنذار يُدوِّي بالمكان. التفت يحيى إلى أحد أفراد الأمن يزعق في وجه آنا وكارما، فقال:

ـ يجب أن نُسرع فورًا هناك خطب ما حدث للمرأتين.

وجدا العديد من الأشخاص يلتفون حولهما ما منعهما من رؤيتيهما، وبينما كان أفراد الأمن يبعادونهم اخترقا يحيى وسام الحجاب البشري، وتدخلا على الفور لنجدتِهما، ولمّا سألا فرد أمن عما يدور معهما أخبرهما بأنهم جميعًا قيد الاحتجاز بتهمة السرقة. في حركة مباغتة وبدون انتظار حضر أفراد أمن آخرون، وحاصروهم وقد ثنوا أيديهم إلى الوراء، ثم عقدوها بأصفاد حديدية. ذلك بعد أن قام مشرف الأمن من تفتيش حقائبهم وجيوبهم، وتأكد من وجود بعض المسروقات في حقيبتي اليد خاصة كلًّا من كارما وآنا، والعجيب أنهم وجدوا كذا ساعة فضية بجيب بنطال يحيى دون أن يعلم عنها شيئًا. ولمّا أخذ مشرف الأمن المتجهم يفتِّش بحقيبة آنا أخرج منها القلادة. نظرت كارمن إلى يحيى بذهول مريب. الأمر تسبب في إحراج آنا بشدة، وللحظة أخذت تتأمل في الأرض صامتةً، ثم صاحت قائلة:

ـ أريد أن أعرف بأي حق تسمحون لأنفسكم بفتح حقيبتي؟

بينما تحاول تجنب نظراتهم الحادة الثاقبة أجابها المشرف قائلا :

ـ سنقوم بتفريغ الكاميرات عندها ستعرفينَ إن كان لنا حق أم لا؟ تقدموا أمامنا.

بدوا وقد نزلت عليهم صاعقة أخرستهم على حدٍّ سواء. اقتادهم أفراد الأمن إلى زنزانة داخلية عالية السقف لا نوافذ لها في قبو ضيق أسفل المبنى، كان ذلك أشبه باحتجاز مخالف للقانون. كانت جدران الحبس من بلاط البورسلين الأبيض اللمّاع، وهنالك في الأعلى مصابيح مخفية تغرقه بفيض من النور البارد، كما

كانت هناك همهمة واطئة مستمرة، ظنوا جميعًا أنها يفترض أن يكون لها علاقة بتزويد الزنزانة بالهواء. وعلى طول جدران الزنزانة يمتد نوع من مقعد خشبي أو رفٍ ذي عرضٍ كافٍ للجلوس عليه ينقطع عند الباب، وفي مقابل الباب كان هناك حوض اغتسال ضيق، وقد امتلئت الغرفة بالعشرات من الخردوات والقطع القديمة عديمة الفائدة. طيلة الوقت لم يتوقف سام عن الزعيق، بينما كانوا جميعًا مقيدي الأيدي من الخلف، يجلسون كحجارة مرصوصة لجوار بعضها البعض. وما انفك يصيح بأنه سيوقع أقسى عقوبة على فعلتهم تلك معللًا بأنهم مدنيون ولا يحق لهم طبقًا للدستور الأمريكي وضع القيود في إيديهم واحتجازهم. كان يصيح وهو يقدّم نفسه طيلة الوقت على أنه رجل مهم لا يرتكب خطأ، وأنهم لا يقدرون جزاء فعلتهم هذه.

بعد لحظات دخل محققٌ مدنيٌّ إلى الزنزانة بصحبة مشرف الأمن، ذلك الرجل البدين ذو البطن المتدلي. قام الرجل بالتحقيق معهمفي وقت واحد. أثناء التحقيق كانت آنا تستشري غضبًا، بينما يحيى وكارمن غلب عليهما سيماء الوجوم، كالتماثيل تخلو من أية تعابير سوى الدهشة. أدانت آنا بانفعال شديد اتهامها بدس البضاعة في حقيبتها خلسةً، وردّت عليهم الاتهام بتفتيشها بلا أي حق، إلى جانب تحريز حقيبتها والاستيلاء على هاتفها وأشياء أخرى تخُصُّها. أمَا يحيى فقد أبدى نفيًا مطلقًا بأي علاقة له بساعة اليد التي اكتشفوها في جيبه، بل اعتقد بأن تكون تلك المسروقات قد دُسَّت فيهم عمدًا على غفلة منهم، وأسرعت كارمن باتهام إدارة المحل بتلفيق التهم لهم لسبب لا علم لهم به.

بدا سام هادئًا كل ذلك الوقت بشكل سخيف ويدعو للشك، فيما كان لافتًا عدم قيام أحد بتفتيشه على عكس ما جرى لهم. مع ذلك أخذ يجيب عن الأسئلة الموجهة له بإيجازٍ شديد ومكر. كان وقع إجاباته عليهم مفاجئًا للغاية، فيما كانت ردوده تدينهم أكثر مما تبرئ ساحتهم. مرت ثلاثون دقيقة من التحقيق الرتيب، بعدئذ انتهى المحقق وغادر الزنزانة مع المشرف، حتى مضى وقت طويل لم يعودا فيه مجددًا. بقوا هكذا مُطبقي الجبهات، مُحدِّقين في الأرض، كما لو أن على رؤوسهم الطير، قبل أن تصيح كارمن قائلة:

ـ يا إلهي ماذا يحدث معنا؟

خلالها نظر سام إلى آنا بحدة وأخبرها بأنها كانت تكذب، لكن يحيى أصرَّ على أن هذا الحديث ليس ذي بالٍ، وشدَّدت كارمن على كلامه بأن الأولى التفكير في كيفية الخروج من الورطة. بعد وقت قصير راحت آنا تتشنج بشكل مفاجئ، وبارتجافٍ مقلق ونحيب متواصل لا ينقطع ظلت تَدُبُّ بمؤخرة رأسها في الجدار بهستيرها قائلة: ـ يبدو أننا في كابوس مريع كالذي حكيت عنه أليس كذلك يا يحيى؟

أرجوك أفهِمْني ماذا يحدث معي منذ أن ارتديت القلادة؟ تبدوان كمن يعرف سرًّا ويجاهد لإخفائه.

أسند يحيى رأسه إلى كتف كارمن، واكتفى بغمغمة بكلام غير واضح، ثم بدأ صوته يعلو تدريجيًّا حتى بات مسموعًا وهو يقول: ـ ليتني أعرف ليتنا نعرف فنخبرك. رمقت كارمن آنا للحظة ثم قالت: ـ ربما حل اللغز يكمن في تفسير سبب إنكارك لوجود القلادة بحقيبتك من الضروري أن تزيلي الغموض عن فعلتكِ الغريبة تلك .

رفعت آنا رأسها مُحدِّقةً في السقف بإنهاك إلى أن قالت: ـ إن كنتما لا تملكان جوابًا عما رأيت فإنني أقسم لكما بقوة تلك القلادة المسحورة وقدرتها على نقل المرء من عالمٍ إلى آخر وبكل تفصيلاته ذهبت خلاله وبقي جسدي عالقًا بمكاني وما رأيته أشبه بنظارة ثلاثية الأبعاد أو بصندوق الدنيا الذي كان رائجًا في مقدمة القرن العشرين.

مرت نحو ساعة على الاحتجاز، بقيَّ سام خلالها صامتًا غير مبال، انطبعت على وجهه ملامح باردة تُشعركَ كما لو تجمد بمكانه. استفز صمته مشاعر الأصدقاء، لذا أراد يحيى أن يسأله قائلا:ـ هل تظن أنهم سيحضِرون الشرطة لنا أم سنبقى محتجزين هنا؟ بدون تعاطف تجاهل سام السؤال، رغم أنهم عرفوه متعاطفًا ناحية الآخرين، ثم سُمِعَ صوته في شطط عجيب يقول:ـ ما زلت أتذكر أيامي في مصر حينما وقع الاختيار عليَّ من قبل مشرف الرسالة التي كنتُ أعكف عليها ضمن وفد خبراء أمريكي رُشِّح أعضاؤه من قبل الكونجرس اليهودي العالمي بكندا إلى جانب اللجنة اليهودية الأمريكية عندما طُلِبَت مساعدتهم من قبل رئيسة الطائفة اليهودية بمصر وقتها وهي السيدة التي كانت بحوزتها مفاتيح كل المعابد اليهودية وكانت في تلك الفترة قد نجحت بالضغط على الحكومة المصرية لاستغلال الأرض الفضاء المجاورة لمعبد الجنيزا وإقامة متحف للآثار اليهودية أتذكر ذلك اليوم قبيل رأس الألفية الجديدة بأيام حيث حضرت بصفتي باحثًا افتتاحَ الجالية اليهودية لأول معرضٍ خاص لجنيزا القاهرة ورغم رفض المجلس الأعلى المصري للآثار لذاك الطلب الذي سبق لهم تقديمه عدة مرات منذ اكتشافها كلها باءت بالرفض لكن مع استبدال اسم المتحف بالمعرض بدا الأمر مقبولًا إلى حدٍّ كبير وخلاله أُعلِن عن إطلاق موقع إلكتروني حمل اسم عائلة يهودية عاشت بمصر منها تاجر ثري تم استئنامه على إخفائها بمنزله.

صمت سام لوهلة متأمِّلًا، ثم صاح وقد برقت عيناه في هياجٍ إذ يردف قائلا :ـ لقد نجح اليهود في اكتشاف أنها غرقت بعد هزيمة كليوباترا ودمار معبد هِرَقْليون وأقنعوا الفريق الأوروبي بأن بالبحث عنها في الأعماق ولم يعلم أحد أنها انتشلت

من تحت الماء في الثلاثينيات من القرن الماضي فيما ادَّعى التاجر اليهودي عثوره عليها في خبيئة بالقاهرة قبل الخروج الثاني لليهود من مصر وبينما لم يعلم أحد بأمرها سوى زعماء ووجهاء الجاليات اليهودية في مصر آنذاك اتهم التاجر الحكومات المصرية بالتعدي على آثارهم وتعمُّد السطو عليها بعد إقامة دولة إسرائيل.

ثم صاح مواصلًا كلامه بالقول :ـ يا إلهي لقد أعطوني وصفًا دقيقًا وبارعًا لها فهي عبارة عن سلسلة ذهبية مجوفة بها رق مَخفي رفيع للغاية وملفوف بطريقة خاصة جدًّا حتى يتسنى له أن يُحفَظ سره في تجويف صغير لا يمكن اكتشافه وهذا الرق الرفيع شديد اللف هو ما أعطى لها أهمية خاصة وقد كُتب عليه بالعبرية في زمن أحد ملوك اليهود بعض التراتيل المشفرة من أسفار عبرية ضائعة. ثم استطرد بدهشة وهو يقول :ـ لكن لا يعرف تحديدًا إن كان الرق قد وضع في عضادة بداخل السلسلة الذهبية بوقت لاحق أم إنها قد شكِّلَت عليها منذ البداية بطريقة ما غير مفهومة؟

ـ وبعد مئة عام من اكتشافها تقع بيدي وهي التي لطالما كنت مهووسًا بالبحث عنها في كل مكان لما عرفته من سرِّها الكبير الذي يصعب على أمثالكم حل ألغازه أو الدخول إلى عوالمه.

قالها سام بينما أظهر رسغيه محرَّرَين قدامهم على نحو فجائي، وقد اتشح وجهه بابتسامة عريضة، فبرقت أعينهم في ذهول غير مصدقين. ثم عافر بجسده الثقيل عازما على النهوض، ووثب على قدمين راسختين بهمة زائدة، في حين يبتسم موسعًا ثغره وهو يتقدم بخطى ثابتة تجاه باب القبو، حتى توقف لبرهة أمامه، وظل يدقُّ عليه بجنون فكاد صوت خبطه عليه يُهشِّمُ رؤوسهم ويصم الآذان. بعد لحظات انفتح له باب الحبس، فركله سام ركلة قوية للأمام، ليندفع مرتطمًا إلى الوراء. كانت سيماء الذهول والصدمة لا تزالان ظاهرتين بتجلٍ عليهم، وأحسوا بأنهم ما عاد بإمكانهم التعرف على هوية الرجل الذي كان منذ لحظات قصيرة صديقا لهم. بدا سام نرجسيًّا يتجمَّل عليهم ويتودد إليهم لغاية في نفسه، أما الآن فقد انبثق عنه وجه آخر غير الذي عاهدوه من قبل. انفتل جسده بخفة ليجد أصدقاءه المقيدين بالأساور المعدنية يحدجونه بوجوم وبسهوب غليظين. وبنظرة دهاءٍ ماكرة أسهمهم الرجل السبعيني وقد أظهرَ قناعه، ثم راح يخلع عنه بذلته، ويخرج من جيبه مشطًا صغيرًا يضبط به شعره، ثم انثنى على نفسه لينظف حذاءه كما لو كان يستعد لحفل في الخارج.

أقام سام عموده الفقري ليقصَّ عليهم، كما لو أنه يهمُّ بأداء عرضٍ مسرحي بديع قائلا:ـ يُحكى أن سيدتين قالت إحداهما لهرقل أنا السرور ومعي لن تعرف

الحزن فتعال عندي لك الكثير من الهدايا وأعدك أن أهبك سهولة العيش والترف والثروة والأصدقاء والبيت السعيد والأولاد الذين يخلدون اسمك ويتذكرونك لن تقاسي أية مشقات ولن تحتاج إلى شيء وأنت بجواري وقالت السيدة الأخرى أنا الواجب اخترني تكن المشقة في ركابك وتكون الراحة غريبة عليك وكثيرًا ما ستعاني ويمزق الحزن قلبك ومع ذلك يتذكرك البشر بالشكر وعرفان الجميل وتكون بطل شعبك ويخلد اسمك إلى الأبد وهنا أدرك هرقل سريعًا أنه أمام خيارين لا ثالث لهما وفي حقيقة الأمر لم يتردد هرقل واختار طريق الراحة.

ظهر سام بوجهه دون حجاب، وعاد يتظاهر بالإحساس بمشاعر الآخرين، فاستقر بظهره إلى الجدار، ثم باغتهم وانفجر في الضحك، وظل يقهقه بصوتٍ صاخب، بينما يقول :ـ الويل ما لكم تبدون كدُمًى مرعبة؟ من المؤسف حقًّا يا رفاق أن أرى وجوهكم واجمة وأعينكم ذابلة إلى هذا الحد البعيد لكن لا بأس دعوكم من هذه القصة الرتيبة فلغة المصالح عندي تربو على دفء المشاعر. ثم صرخ قائلًا:ـ يكفي من فضلكم فعلى قدر ما أنكم تائهون في أفكاركم إلّا أنه لا شك لدي بأننا سنجتمع مجددًا عمًا قريب.

ولمّا انتهى أطلق ضحكة مزعجة كأنما غرور الشيطان. وعلى إثرها خرج من القبو، وأعاد غلق باب الزنزانة، ثم اختفى لكنه عاد وطاف خلفه لبضع ثوان، حتى انحشرت عينه بنافذة صغيرة أعلى الباب؛ ليهمس من خلفه قائلا : ـ اعذروني كنت مضطرًا لخداعكم لأنه وجب عليَّ كسر بعض البيض لأصل لما أبتغي وكثرة الطبّاخين تفسد الطبخة ولا يمكننا التشارك في هذا الاكتشاف العظيم لكن لا عليكم فالأشياء الطيبة تأتي لأولئك الذين ينتظرون.

ورحل مخلفًا وراءه آثار صدمة هائلة، حتى بقي صدى ضحكاته الرهيبة مزلزلًا في المكان لدقائق لاحقة. صاح صوت غير معلوم مصدره في الزنزانة مناديًا ويحمل نبرة أنثوية. انتبهت كارمن فطلبت منهم الإنصات له. عاد الصوت مجددًا ليقول :ـ مرحبًا. فأجابت آنا بصوت مرتفع. وردَّت عليها فتاة عرَّفت نفسها بأنها تُدعى نانسي، وقالت إنها محتجزة في الغرفة المجاورة لهم منذ ثلاثة أيام بلا طعام ولا شراب. تأوهت كارمن بعمق فيما أخفت آنا وجهها بكلتا يديها. تمالك يحيى أعصابه في حين حاول الحفاظ على قدر بسيط من الهدوء، عندما أعاد توجيه الحوار إلى الفتاة قائلا :ـ صوتكِ يبدو ملاصقًا للغاية هل لك أن تصفي لنا مكانك؟

ـ لستُ قادرةً على تحديد مكاني بدقة لكن أتوقع بأنكم في غرفة بجواري مباشرة ذلك ما مكّنني من سماعكم منذ اللحظة الأولى التي دخلتهم فيها إلى هنا لكن أخبروني من أنتم؟ وفيما جئتم؟

أجابت نانسي بذلك، فردَّت كارمن قائلة :ـ نحن نبحث عمن يجيبنا عن هذا السؤال.

ثم استطردت نانسي قائلة: ـ لكني أتذكر كيف جئت إلى هنا في البداية قد يبدو الأمر غريبًا لكنه ما حدث وعلى الرغم من أنني لا يمكنني التعرف على وجوهكم إلا أنه يتملكني يقين بأن ما جاء بكم هو ما جاء بي. ثم صمتت لبرهة قبل أن تعود لتقول: ـ كنت أعمل هنا بالمتجر منذ خمسة أشهر في قسم الحسابات في بادئ الأمر اضطررت للقبول بالأجر الرمزي الذي عرضوه عليَّ لكنهم خيَّروني بين الاكتفاء بهذا النذر اليسير أو تعويضه بتسوية أية ادعاءات بالتحرش الجنسي الذي لا مفر منه بعدها اتهموني باختلاس ألفي دولار من خزينة المحل رغم وجود الكاميرات في كل شبر تقريبًا لكن لم أرسَل إلى الشرطة للتحقيق في الادعاء بل رموني هنا ولم يسأل عني أحد من حينها إنني أتضور جوعًا ولا يمكنني المقاومة.

وماجت في نحيبٍ يمزق القلوب بينما تتحشرج روحها بصدرها، مع تنفس سريع ومتقطِّع يصاحب بكاءها. فقدت آنا أعصابها في تلك الأثناء، وراحت تتمتم بكلمات غير واضحة، وتهتز بانفعال. ثم نادت كارمن على نانسي مرات متتابعة؛ ذلك لأن صوتها اختفى فجأة، قبل أن تعود قائلة: ـ إنني أعمل هنا بشكل غير قانوني فأنا فتاة مراهقة لم أبلغ سن العمل وبقيت طيلة تلك الفترة أعمل بأجر يومي بلا شفقة حاجتي للمال كانت أقوى من طول مدة العمل كنتُ راضيةً نوعًا ما بالرغم من كل المضايقات والتحرشات اللفظية والجسدية التي لاقيتها على أيدي المشرفين والمدراء على حدٍّ سواء فعندما يكون لديك أسرة مكونة من ثلاثة أطفال صغار مات والداهم إثر حادث أليم ستضطر للخنوع جاء والِداي مهاجرين مع أهلهما من إثيوبيا مطلع السبعينيات وعلى أرض الأحلام جاءا بي إلى هذه الدنيا البشعة هناك على أرض لوس أنجلوس تسمعون بأنها ثالث أغنى المدن في العالم بعد بكين ونيويورك لكن ماذا تعرفون عن الوجه الآخر الشنيع لأميركا؟ حسنًا أنا أخبركم إنه بعد عقد من انتفاضة السود تمكن الأفارقة الأمريكيون من الالتحاق بالشرطة في المدن الكبرى وأصبح بعضهم بمرتبة عمدة وشريف وحتى نوّاب في الكونغرس أو ضباط في الجيش وإذا تمكن قسم منهم من الاستفادة من عملية الاندماج إلّا أن الكثيرين قد تعرضوا لاضطهاد واسع اتخذ أشكالًا مختلفة جانب منه خاصة لدى الشباب هو إدخالهم السجن لأتفه الأسباب.

ثم تابعت بصوتٍ حزين مسموع قائلة :ـ ليس بالصادم أن أخبركم بأن الشاب الأسود يقضى وقتًا في السجن أكثر منه في الجامعة في الوقت الذي تقوم فيه الولايات المتحدة بسجن جزء مهم من سكانها يفوق أي بلد آخر في العالم كيف تتوقعون شكل حياتي المهددة بكل لحظة؟ تعلمون أن السجن مليء بالهوائل

والبشاعات. إن ما آلت إليه ديترويت مدينتي التي ولدت بها يشكِّل رمزًا لما طال السود لا أعرف كيف تبدو أرض الأحلام بالنسبة إلى الكثيرين خارج أمريكا؟ لكن أخبركم بأنه في عهد كلينتون صوَّت الكونغرس على حظر المنحة الدراسية الجامعية على المُدانين بجرم متعلق بالمخدرات وطال الحظر عشرات الآلاف من الشباب كنت من ضمنهم وتمت مقاضتي بالسجن لمدة عام بسبب حيازتي بضعة غرامات من الماريغوانا وبعد خروجي كان من العسير الحصول على الإعانات الاجتماعية والغذائية فقد حظرت الولاية على من ثبت تورطهم في قضايا متعلقة بالمخدرات ولكن هذا الحظر لا يطال المغتصبين ولا القتلة ربما لأن أغلبهم من البيض.

بعد لحظاتٍ من الصمت الأليم، أسهبت نانسي قائلة بتأسف: ـ اعذروني فأنا مُثْقَلة بالهموم وقد مضى زمنٌ طويلٌ لم أتحدث خلاله سوى لنفسي وكأي أمريكية ملونة مدانة وتعمل بشكل غير قانوني فإنني أمثل فريسة سهلة لأي شخص حتى ينتهك حقوقي الخاصة فقد تعرضت للاغتصاب مرات عدة في هذه الزنزانة وبطريقة بشعة بزعم أن موافقتي على ذلك كفيلة لأن تخرجني من الورطة التي لا أعرف سببًا لها غير أنني من أصل إفريقي وهذا وحده كفيل بألا أكون إنسانة في نظر القانون الأمريكي.

أطلقت نانسي صرخة مدوية متألمة بينما استطردت بصوت شجين، وقالت: ـ عندما تفكر في لوس أنجلوس تفكر في هوليود ورغم ذلك فإن ما لن تسمعه هو أن هناك نقطة البداية لأزمة التشرد في الولايات المتحدة جمعاء الآلاف من الأعشاش المؤقتة والخيم المربعة ثلاثية الأبعاد بلا سقوف فيما يشبه مخيمات اللاجئين السوريين تربض في منطقة سكيدرو وهناك وجدت عائلتي ضالتها في خيمة تأويهم مفترشين الرصيف إنه في أية ليلة تحددها يمكنكم أن تروا بأعينكم ما يزيد على ستين ألف مشرد يبيتون ليلتهم في الشوارع بلا ملجأ.

قالت آنا متنهدة بحزن: ـ أعلم أن مسئولًا في الأمم المتحدة قد وصف الظروف المعيشية تلك بأنها صادمة كلمات مرسلة من هذا القبيل يمكِن تشكيلها في مثل تلك المواقف.

تابعت نانسي وهي تصفُ بألمٍ قائلة :ـ ليس مُستهجَنًا أن تجد الشوارع مُقذَرة بالمئات من الإبر التي يعاد استخدامها إنه واقع أليم لا يمكن رؤيته بتلك البشاعة في أي مكان آخر.

التوى يحيى بخصره بينما أرهقت كَتِفَه القيود المعقودة حول معصميه، ثم صاح بانفعال قائلا:ـ تبًا لهوليوود إنهم يتعمدون إخفاء تلك البشاعات عن مواطني

الدول العربية بل ويكذبون علينا بكل وقاحة لينشروا صورة نمطية كاذبة عن المواطن الأمريكي لخدمة مصالح عليا.

كانت كارمن غارقة في أفكارها، لكنها انتبهت لحديثه، وكانت تتألم من غلظة القيد المربوط من خلاف حول معصميها فقالت بصوت خفيض: ـ لاشك أن أمريكا تحفل بعدة قوانين وحقوق وديمقراطية أفضل بكثير من أكبر دولة عربية لكن على الجانب الآخر من النهر يتم تفخيم تلك الإيجابيات وتصويرها جنة بلا نار لإحداث الأثر المعنوي المتعمد في النفوس.

صمتوا قليلًا حتى عقّب يحيى قائلًا :ـ إن الأثرياء وصناع القرار في العالمين العربي والغربي لا يريدوننا أن نعيش بل أن نستهلك منتجاتهم العديدة الفارغة من يملك التاريخ يمكنه أن يصنع الحاضر ومن يملك المال يمكنه أن يصنع المجد ومن يملك النفوذ يمكنه أن يبني الثروة ويجمع السعادة أما الفقراء فعليهم أن يصبروا ولا يسمح لهم بالشكوى أو الصراخ بل البقاء على أملٍ لن يأتي أبدًا.

بنظرة قنوط مُحمَّلة بارتياب متعاظم في النجاة مُنبئَّة من طرف عيني آنا حدجت بها كارمن في غلو. كانت كارمن التي أطالت آنا النظر إليها يُغيِّم عليها السكون في حين أن صوت تشنج قلبها لم يعد بالمقدور تخفيف أثره، مع ذلك كان صوت معمعة أحشائها قد بات أنقى وأوضح من أي صوت آخر. انقطع الحديث لفترة وساد الصمت لحين. أزلقت نانسي قصاصة ورق صغيرة في شق رفيع أسفل الحاجز الكربوني الفاصل بين الزنزانتين. تسللت القصاصة إلى الداخل من أرضية الغرفة المجاورة، مباشرة تقريبًا على مسافة إصبع من حذاء آنا التي كانت تقبع مشدودة الوثاق إلى قبضة مثبتة في الجدار. بخفة نجحت آنا بالتقاط الورقة التي أزاحتها بقدميْها لتقربها إلى ساعِدها بكل يسر. وكأنه نوعٌ غريبٌ من المراسلات المبهمة لم تحمل عنوانًا، ولم تضع اسمًا، فقط يمكنها الظن بأن نانسي تعرف من ستقع بيده الرسالة. حدث ذلك بينما بقيت كارمن وكأنها تحاول بقدرٍ من الأمل استعادة روحها من القيد، صامتة منكبَّة بعينيها في الأرض، لا تراوحها نظراتها التي ما عادت ترمش إلا رمقًا. ولمَّا فكَّكت آنا القصاصة لم تجدها تحوي بداخلها أي شيء، وهي على هذا النحو بيضاء عارية من أية خربشات قلم.

قالت آنا مُحدِّثةً نفسها: ـ يا إلهي لقد خُيِّل إليَّ أنها ربما تحمل لي بعض الشغف وقدرًا ضئيلاً من أمل مجوف لا بأس منه للخروج من هنا لن أموت هنا. ثم بكت بحُرقة وارتفع صوتها. طغى عليهم شعور عارم بالشفقة عليها، عندما تفصَّد العرق منها واندفع الهواء الرطب لرئتيها فزفرته ثانية بآهاتٍ لها صوت الصرير لم تستطع أن توقفها. وقالت في تأسفٍ: ـ كنتُ مخطئة عندما تعمدت الكذب لم يكن هنالك من داعٍ يذكر يدفعني لأن أنفي بقاءها معي.

رفع يحيى بصره إليها، وحدجها ببصيص من الرأفة على حالها وهو يسألها قائلا :ـ فيما كنتِ تفكرين بتلك اللحظة؟ بينما كارما لا يزال يبدو عليها عدم الرغبة في التكلم. قالت آنا بصوت ضعيف :ـ لا شيء إن أقسمت لكما أنه لا شيء فهل تصدقاني؟ ارتجف جسدي عندما سئلت عنها الأمر كان أشبه بمغارة أسطورية عظيمة تعج بالكنوز والأسرار والقلادة هي المفتاح.

ـ أيها الوغد البري المتوحش الذي لا يعرف رحمةً دعكَ عنها أيها الذئب الوثني.

عاد الهامس القوي المؤثر يَطِنُّ في أذنيّ آنا، فراحت تُطبقهما براحتيها؛ ليتوقف عن ترديده الهادر بلا انقطاع. بضربات متتالية صكَّت وجهها في رجاءٍ واهٍ بأن يتركها وشأنها. لكنه عاد من جديد، عادَ ليذكِّرُها بكل ما شاهدته.

***

كنت على يساره بينما نعبر القناة في مركبٍ من عاجٍ نزلنا عنه، لنصل إلى ساحة الاحتفالات بمعبد هِرَقْليون تظللنا أغصان من سنديان كعروق من برق. كان بيمينه عقاب ينظر صوب المشرق، ويحمل فوق رأسه إكليلًا من غار مع شعلة نصر أرجوانية ومطرَّزة بالذهب. وكان الجو غائمًا كخريف هاتور ونحن نتجه إلى باب المعبد لتقديم الأضحية. قُرعَت الصنج لعدة مرات، فتقدمنا الحشد نجُر خلفنا جيشًا زاحفًا. هدرت الأصوات ورنَّت الأجراس. وبينما نحفر خطانا نحو البهو أغشى السماءَ نفخُ مزمارٍ مُصقلٍ قوي، تتخلله طرقتان على الصنج، عندها عمَّ الصمت على الوجوه. كان المزمار الصدَّاح يخترق النفوس فتَدُبَ فيها الحماسة، وعند الطرقة الثالثة على الطبل الكبير المثبت بالأرض انهدرت حناجر الفتية والعذارى؛ لتغني لحنًا واحدًا على إيقاع ثابت من أغنية كارمن تمجيدًا للآلهة. كان قوام الفرقة الموسيقية الحاذفة من القيثارات، والصنج، والمزامير، والأبواق، وآلة الإسكابلا. وفي منتصفه كان في استقباله عشرات من غلمان وصبايا يمكسون بأيديهم آنية من خزف، وسلال من خوص مليئة بعناقيد العنب وحبَّات الدوم، وهم يرقصون في عرض جماعي بارع، استرق بصر الحضور.

كان معبدًا مهيبًا يؤمه الناس من شرق المتوسط وغربه للعبادة والصلاة، وبمجرد أن انتهى العرض أشهر القيصر سيفه، وتابعته عدة دفقات من البوق، مصحوبة بطرقة قوية على آلات الصنج. صاح زئير امرأة تُلقي كلمةً ابتهاجًا بقدومنا، ثم ذبح القيصر الأضحية بضربة واحدة، فانهالت الصيحات قائلة :ـ تحيا الآلهة يحيا الإمبراطور تحيا روما.

نزلنا عن المنصة وأصواتهم تصدح بأشعار هوراس؛ فتشعل الأجواء وتلهب حماسا متوّجا لهيبة القيصر. جلست إلى جواره على العرش، فتقدم الحرس يجرون عشرات من المسيحيين مُقيّدين من الأرجل بالسلاسل الحديدية. ثم أصدر أمرًا مشددًا بأن يتقدموا بذبائحهم وإلا لحق بهم الموت. اخترقت فتاةٌ في الثامنة عشرة من عمرها الموكبَ بقوة الريح. كان الإمبراطور إلى جواري بين رجالات الدولة ورؤساء الكهنة بحُلَلِهم الأرجوانية المُذهّبة، فصرخ العوام قائلين:ـ كاترين! وبكل جرأة وقفت أمامه لتقول له :

ـ يَسُرُّني يا سيادة الإمبراطور أن أترجّاكَ أن توقف منشوركَ لأن نتائجه خطيرة.

وبدأت تتحدث باتزانٍ وهدوءٍ بليغين. ظل يُصغي إليها متعجبًا من جرأتها. ذهِلَ من جمالها وشجاعتها في آنٍ واحد، حتى هاج كثور جامح وأمر بجلدها بكل عنف. فانفطرت عليها القلوب بكاءً. وقبل تنفيذ الحكم تقدّم الحارس الخاص وأخبره بأن لديه فكرة يلزم بها الفتاة أن تتعبد للأصنام، وهي أن تُربَط بحبال قوية يرفعوها على آلة بها عجلات تدور بحركة عكسية مزودة بأسنان حديدية، فعندما تبدأ التروس تتحرك تحدث فرقعة مخيفة جدًا، فتُضْطَرُ إلى الاستسلام وإلّا ستموت. لكن ما إن رفعوها حتى امتدّت يدٌ خفية قطعت الحبال، ودحرجتها على الأرض بعيدًا عن الآلة. وإذ يتقدم الجلادون محاولين رفعها ثانيةً خارت قواهم، فسارت الآلة عليهم بأسنانها، فتقطّعت أجسامهم وماتوا أمام مرأى الجميع. هاج الملأ صادحين باسم يسوع، عندها فقد الإمبراطور صوابه، وشعر بفقدانه الهيبة والثقة، وفشله في تعذيبها، فأمر بنفيها ومصادرة ممتلكاتها. تأسّفت الفتاة للملك أنها لم تحظَ بشرف الاستشهاد. الأمر الذي أصابه بنوبة غضب جنونية؛ فعدَلَ عن قراره آمرًا بقطع رأسها أمام عبيد الإمبراطورية؛ لتكونَ عبرة لمن يعتبر.

خَلعتْ أصوات الصنج الكبيرة القلوب وهي تنهمر من كل جانب؛ لتعلو صدّاحةً في السماء؛ فتُصْرَع لها الأفئدة الشتى. بينما كانت أصوات الموسيقى المُتَغَنّية بالدماء، تُرعِدُ فرائسي. لا يكاد أن يخلو رأسي من طنينها المتسلل في عظامي. عندها ومع كل ذاك الضيم لم أستطع تمالك مشاعري المزلزلة للجهر بالإيمان. فانتفضت ووقفتُ في وجهِ الإمبراطور في تحدٍّ كبير صارخةً بملأ جوفي بالقول :

ـ أيها الوغد البري المتوحش الذي لا يعرف رحمة دعكَ عنها أيها الذئب الوثني.

إنها تصرخُ في أذني كالرعد، صيحات الصنج شديدة الصخب، لا تنفك تنقرع برأسي.

الفصل الثالث

كانت والدتي سليلةَ أسرةٍ شريفة، تمتَّعَت منذ الصغر بقدرات استثنائية باهرة، من سرعة تعلم للغات، وموهبة موسيقية لا يستهان بها، إلى حساسية نفسانية فائقة. وقبل وفاتها بلغت معتزلًا لها في البراري حيث كوخ صغير متواضع، قررت أن تمضي به ما تبقى لها من العمر، متأملة في الكون، ومُفتِّشة عن المعرفة؛ لتكتب في معتزلها العديد من الكتب عن الحكمة الإلهية. كان هدفها التوفيق بين الأديان تحت لواء منهج مشترك للأخلاق، يرتكز على حقائق أبديَّة؛ لدمجها في بوتقة واحدة وهي دين الحكمة الذي كان دينًا واحدًا في قديم الزمان. وكان فيما اعتادت أن تقوله لي أمي لا بد للمفتاح الذي يفتح إحدى هذه العبادات أن يفتحها جميعًا؛ وإلا فإنه ليس بالمفتاح الصحيح. إن أغلب الشرائع السماوية الباطنية تنهلُّ من ذات الإناء الذي جاءت به الفلسفات الرومانية القديمة. كذلك قالت لي بعد سنوات زواج فاشلة حيث كانت أسرتها تؤمن بأن أفضل طريقة لكبح جماح اهتمامها غير الصحي بالأرواح والموت والفلك هو تزويجها. وبعد طلاقها قررت الفرار عبر القطار حتى وصلتْ إلى كراكوف جنوب شرق بولندا.

كانت رائحة الدماء لا تزال تُشتَم في كل ركن بالمدينة، رغم مرور سنوات عديدة على مجزرة معسكر أوشفيتز لإبادة اليهود. ورغم احتفاظي بمذكرات أمي إلّا أنني لم أعد أقوى على قراءة حرفٍ فيها من شدة ما قاسته على أرض تلك المدينة المتَّشِحة بالأرواح السوداء، كما كانت تصفها لي عندما كنت صغيرة، حيث لم أكن أدرك مدى معاناتها وتضحيتها حتى توفر لي عيشًا كريمًا. أمي أي كائن أسطوري أنتِ حتى تتحملي كل ذاك القهر؟ كيف سنعيش أنا وأمي إذا لم تتمكن من الحصول على عمل ولو بأي مقابل وضيع يقينا شر السؤال؟ كانت جميلة، جميلة للغاية، تشعر أنها حرة رغم إصرار الرجال على أنها مَشاع لأيٍ منهم.

إن الفتاة المُرَفَّهة فيما سبق تكافح الآن شظف العيش. تستيقظ كل صباح لتجوب الشوارع سؤالًا عن عمل. ذات يوم أرثى تاجر بولندي آثار على حالها، فعرض عليها العمل سكرتيره لديه ببازاره الخاص، لما لمسَه فيها من فطنة، وذكاء منقطع النظير. أتقنت أمي لغات عديدة في سن صغيرة، فعرض عليها الزواج منه. كان من الطبيعي أن يتزوج الرجل بفتاة تصغره حتى وإن كان بأربعين عامًا. التاجر المسن المُصاب بالخرف رأى فيها أيقونة جذَّابة يمكنها أن تُضفي عليه وهَجًا بينما تسير لجانبه في أي مناسبة أرستقراطية تجمع خلالها طبقات الأثرياء. وخلال إحداها أبدى رغبةً في إظهار قدرات زوجته الخارقة، فكانت المرة الأولى لها التي تمارس فيها هوايتها المثيرة أمام حشدٍ من الناس. الأجسام باتت تتحرك

أمامهم عن بُعد، ما أثار صيحاتهم المترقبة، فيما صار الناس بعدها لا ينفكون يتحدثون عنها بالمدينة.

توفي الزوج المريض بعد سنوات قليلة حانية، فيما زهدت أمي في الزواج بعده، وقررت الاستجابة لدعوات السفر إلى الولايات المتحدة؛ لتستقر في شقة في نيويورك، ملأتها بمجموعة من الحيوانات، والطيور المحنطة مثل: الثعابين، القرود، البوم، ورأس أسد معلقة في الجدار. وباتت مقالاتها التي دفعت بها إلى الصحف الكبرى تغزو العناوين الرئيسية، فيما حققتْ شهرة ضخمة، وفي وسط هذا صنعت مكان جِلساتها وهي ترتدي ثوبها المفضل من أقمشة صوفية فضفاضة مزركشة مع ربطة عنق زيتية اللون مميزة، فكان تأثير هذا الجو يبدو مضحكًا لغرابته، ولكن حماسها مع شخصيتها الجذابة كان يجمع حولها الصفوة من هؤلاء المتطلعين لمعرفة المستقبل وقراءة الطوالع، وهو ما كانت أمريكا شغوفةً به.

كنتُ أحضر معها أغلب حفلات الجمعية التأملية الفلسفية؛ للسيطرة على قوى الطبيعة مع خبراء من صفوة المجتمع، لكن اهتمام الجمعية كان يقتصر على العمل من أجل الخير حسب قولها. صارت أمي تعقد الندوات التي تقول فيها إن الإنسان مكون من جزئين: جزء مادي عبارة عن الدم، والعظم، واللحم، نستطيع أن نفهمه علميًا، وهناك جزء ثانٍ وهو الجزء غير المادي، يتمثل في الوعي أو الروح وهي جوهر الإنسان التي تعطيه القيمة والمعنى. لكنها مع ذلك اعتقدت بأن هنالك جزء ثالث يعتبر مكونًا رئيسًا آخر وهو النفس أو الجسم الأثيري النجمي. وفيما كنت أسمع منها بأن البعد النجمي يأتي بعد البعد الفيزيائي كالأفكار والأحلام وحتى الذكريات، وأن فيه يصبح الزمن سهل التحكم به، فيمكن تمديده أو تقليصه وأيضًا إيقافه. فإذا كان المرء باستطاعته أن يعيش سبعين سنة في البعد الفيزيائي، فإن بإمكانه العيش لألف سنة في البعد النجمي. كانت طقوس قبول المنتسب إلى جمعيتها مستوحاة من مصر القديمة، حيث يتحقق الكهنة من أهليته للالتحاق بهم وحفظ أسرارهم، ثم يكلفونه مشقَّات عظيمة، تختلف بين تخويف وتهديد، فإذا اجتازها بدأت مراسم الاستقبال، فيُحقق معه كاهن، وبعد الانتهاء منه ينتقل إلى قائد متنكِّر على رأسه غطاء كرأس الكلب، فيذهب به في دهاليز مظلمة إلى مجرى مائي، فيُسقيه كأسًا من ماء النسيان؛ لينسلخ عن كل ماضيه، بحلوه ومره، بواقعه وخياله، وتولد حياته من جديد، وبعد الانتهاء يبدأ تلقينه سفر الأسرار الخمسة المقدسة التي تلقَّنتُ منها ما يكفي للخروج من هنا.

ثم توقفت عن الكلام فأسدل الصمت وأطفأت المصابيح، وخيَّم عليهم الظلام، قبل أن تهمس فيهم قائلة :ـ عليكم الانتباه معي جيدًا وأن تعيروني تركيزكم مع كل كلمة أذكرها لكم فالوصول إلى سرعة الضوء يحتاج لطاقة مهولة سيبدأ جسمكم

بعد قليل بالتثاقل نوعًا ما حتى يدخل في مرحلة السمو عليكم بالتنفس العميق والتركيز أكثر فأكثر وعند بدأ عملية الخروج من الجسد ربما تسمعون أصواتًا غريبة ومرعبة وبالوصول إلى مرحلة الخروج النهائية ستشعرون كما لو أنكم تسقطون من أعلى شرفة بناطحة سحاب لا تحاولوا الالتفات إلى أية أصوات تدعوكم للعودة كمواء مخيف أو زئير مرعب يطاردكم فقط واصلوا الارتفاع ولا تنظروا أسفل منكم مهما يكن هذه الجَلسة جِدّية للغاية في العقل اللاواعي قد ترونَ نورًا أبيضَ وعيونكم مُغَمَّضة أو ترون رسومًا كارتونية أو صورًا من الماضي فلا تكترثوا واتبعوا صوتي حتى نخرج من جسدنا المادي الذي يحتجز الأنفس لا تستمعوا لأفكاركم بل استمعوا إلى ذواتكم لتأخذكم لجسدكم الأثيري الباطني فتحرركم وتطير بكم بعيدًا وبعيدًا جدًّا بسرعة تفوق سرعة الضوء وقتها يكون الزمن أبطأ من الصفر وبكلمة أخرى سيصبح الزمن غير موجود.

***

ـ نادل بمطعم وسط نيويورك يروي تفاصيل قلادة سحرية يمكنها إخفاء البشر.

صباحًا كان هذا هو عنوان خبر رئيس في الصفحة الأولى من جريدة النيويورك تايمز في عددها الجديد الصادر بتاريخ العاشر من فبراير. قالت كارمن في صدمة:

ـ يا إلهي لقد انتشر الخبر بسرعة البرق.

طوى يحيى الجريدة بعصبية، ثم أمسك بهاتفه، ودفعه نحو زوجته قائلًا: ـ ليس هذا وحسب انظري الخبر من صفحة النيويورك تايمز الرسمية على الفيسبوك يقول إن فتاة ملوَّنة تتهم إدارة المتجر الكبير باحتجازها بشكل غير قانوني والتعدي عليها.

أسقطت كارمن الهاتف من يدها دون وعي، ثم رفعت بصرها إلى يحيى وقالت: ـ لا شك أنها نانس. فقال بينما يسند رأسه إلى وسادة :ـ من المفارقة أن الخبرين جاءا حصرا لمجلة النيويورك تايمز. ثم نهضت عن فراشها، وقالت وهي تتمدد بجسدها:ـ فعلتُها أنا.

وبضاحية أخرى قريبة وبتمام العاشرة صباحًا سُمع دوي إطلاق نار أفزعَ السكان، فهرعوا إلى النوافذ، وتجمعت بعضهم حول سيارة فارهة. ووجدوا سائقها صريعًا غارقًا في دمه بينما نجا اثنان آخران، أحدهما رجل في عقده الخامس كان يجلس بالمقعد الخلفي، والآخر حارسه الشخصي وكان يجلس بجوار السائق، وقد أصابته بعض الشظايا في كتفه، دونما أية إصابات للخمسيني. لاحظ بعض السكان من نافذة شرفاتهم أن السيارة التي خرج منها رجال مدجَّجين ببنادق آلية أطلقت

عليهم النار فرَّت هاربة للتو. وعند الواحدة ظهرًا اتصلت آنا على يحيى اتصالًا مفاجئًا. بعد الاطمئنان عليه أخبرَته بأن شرطة نيويورك ربما تتصل بهم للتحقيق فيما ورد بالتقرير الذي نشرته في الجريدة. وأضافت أن القضية ربما تأخذ منحًى آخر خطيرا، لذا وجب عليهما الاستعداد. ثم طلبت منه أن يفتح التلفاز على قناة روسيا اليوم بعد دقائق.

كانت نيويورك تشهد مظاهرات احتجاجية على انتشار جرائم إطلاق النار، بعدما تناقلت وسائل الإعلام الإمريكية أنباءً عن محاولة اغتيال عضو مجلس إدارة مخضرم بنادٍ اجتماعي للماسونيين وسط مانهاتن. الخبر انتشر كالنار في الهشيم في محطات الأنباء المختلفة، وقد أذاعت فوكس نيوز خبرًا نقلًا عن منظمة الاتحاد المسيحي لأجل إسرائيل يفيد بنجاة أحد أبرز أعضائها الناشطين من إطلاق نار. تنقَّلت كارمن بين المحطات التليفزيونية، حتى أوقفت الزر على قناة روسيا اليوم. ظهرت آنا في لقاء صحفي مع مذيع المحطة الميداني الذي ينقل أحداث المظاهرات. صرَّحت آنا قائلة: ـ ما زالت جرائم إطلاق النار في نيويورك عرضًا مستمرًا فبعد مقتل أربعة أشخاص في إطلاق نار كثيف في ناد اجتماعي ببروكلين أكتوبر الماضي خرجت اليوم مظاهرات احتجاجًا على تزايد تلك الحالات بعد أنباء عن إطلاق نار كثيف صباح اليوم.

ولمَّا سألها المذيع عن هوية الجناة ودوافعهم أجابت قائلة :ـ إن مدير ما تسمى بمنظمة الاتحاد المسيحي لأجل إسرائيل التي ينتمي إليها رجل الأعمال اتهم بشكل مباشر حركة جيل الشباب الإنجيليين الجديدة المناهضة لإسرائيل والتي تربطها علاقات وطيدة باتحاد جماعة ويلوكريك في شيكاغو وهو تيار فرعي مهم للإنجيليين البروتستانت معاد للصهيونية.

عاد المذيع ليسألها قائلا :ـ المنظمة التي تؤمن أن الرب قد أهدى فلسطين لليهود أكثر من إيمان اليهود الأمريكيين أنفسهم ذكرت أنهم جُنِّدوا من خارج حركة جيل الشباب الإنجيليين وأنهم يستولون على قلادة تعود إلى آلاف السنين ويستغلونها في التخفي لتنفيذ عمليات اغتيال ضد قيادات الاتحاد المحافظين.

صُدمت آنا عند سماعها هذا السؤال؛ فهي حتى اللحظة لم تكن تعلم بأن سام مجني عليه في تلك الحادثة؛ حيث إن مواقع الأخبار المختلفة لم تأتِ على ذكر اسمه في عناوينها. في المقابل أظهرت قناة فوكس نيوز صورًا في جانب من شاشتها أثناء بث اللقاء الصحفي مع آنا، فتَمكنا من التعرف عليه. اشتد بهما الذهول، فاقتربت كارمن من التلفاز وقالت :

ـ هل سمعتَ ما قاله للتو؟ إنهم يتهموننا بمحاولة اغتيال سام هذا لا يُصَدَّق.

ترددت آنا قليلًا وتعمدت التشويش على كلامه فقالت: ـ إن مدير المنظمة التي تأوي المجني عليه أخرجت بيانًا منذ قليل قالت فيه إن هؤلاء النشطاء يحرزون تقدمًا مفاجئًا في السيطرة على الطائفة الإنجيلية لا سيما بين أبناء الجيل الصغير جيل الألفية وهم يستجيبون لما يشاع من أكاذيب حول إسرائيل على حد زعم البيان.

أغلقت كارمن جهاز التلفاز وقالت منفعلةً: ـ إنها مناورة السيد رودريغز يحاول درء تهمة سرقة القلادة بعيدًا عنه بحيل ماكرة. فقال يحيى ماسكا برأسه من شدة ما ألمَّ به من صداع :ـ الأمر انقلب علينا ومن المرجح أن الشرطة في طريقها إلينا فماذا نفعل؟ فأجابته كارمن قائلة :ـ ماذا تتوقع أن نصنع؟ من الأفضل ألّا نأتي ذكرًا عن أمر القلادة طالما ليس هنالك من دليل يديننا. استنكر يحيى كلامها قائلًا: ـ لكن النادل سيستدل علينا وربما ليس من الحصافة أن ننكر ذلك ما يقلقني هو الفيلم الوثائقي الذي أخرجته منذ وقت قريب لصالح الشبكة ومن الجائز أن يتهمانا بالإرهاب ومعاداة السامية بل حتى قد يكون ذلك ذريعة لإقالتي هذا إن لم يتم الزج بنا في السجون فهل تتذكرينه؟

أجابته كارمن في حيرة قائلة :ـ كان جهدًا رائعًا منك حتى حَظِيَ بعرضه على شاشة فوكس نيوز الإخبارية فما الذي يقلقك بهذا الشأن؟ فأجابها وهو يتصفح هاتفه ويقول :ـ سأعيده عليكِ على اليوتيوب لتعرفي مقصدي.

كان يتحدث عن تاريخ أهم المحافل الماسونية في الشرق الأوسط، وعلاقتها بالمحافل الأمريكية الأكثر تأثيرًا في سياسة الولايات المتحدة الخارجية، وكان منها ذلك الذي يديره السيد رودريغز. انتهى المقطع، فعلَّقت كارمن قائلة: ـ وماذا تريد أن تقول؟ هل تعني أنه ربما يكون دليل إدانة بتورطنا في اغتيال سام؟ أنا لا أعتقد هذا إنه من باب المصادفة فقط لا غير وعلينا أن نبرهن على براءتنا ولكن كيف؟

ردد يحيى في نَزَق الكهول قائلا: ـ سيُأخذ ذريعة على تطرفي ومعاداتي للسامية لانتقادي بعض سلبيات تلك المحافل بل مؤكد أن سام سيتعمد ذكر هذا إذا ما سُئل عن سبب اتهامه لنا بتدبير الهجوم ألا تذكرينَ انفعاله الشديد خلال نقاشنا حول ما جاء بالفيلم؟

أومأت كارمن قائلة: ـ بلى كان كذلك ثم أنك لم تعترض على تجهمه ورفضه شيطنة محفله بل احترمت رأيه واعتبرت ذلك طبيعيًا أن يدافع عن نفسه. فقال يحيى بينما يذرع الغرفة جيئةً وذهابًا: ـ وعلى الرغم من ذلك اكتفي سام بالنقد اللاذع لما قلته دون إيضاح وجهة نظر مخالفة لم يكن مهتمًا وقتها بعكس اليوم والمقطع قد يكون ورقة رابحة للعب بها.

وكانت آنا قد نشرت تقريرًا بعثت به إلى موقع روسيا اليوم الإلكتروني، وهو جزء من كتابها الذي هي بصدد طرحه، وتروي فيه نقلًا عن مذكرات خاصة بوالدتها. ولاحقًا استُدعيت إلى مقر الشرطة للتحقيق معها بخصوص ما ورد من تحريات الشرطة بأنها كانت ممن شهد النادل على رؤيتهم بالمطعم في وقت سابق للحادث. ولما رآها النادل صاح قائلا :ـ نعم هي رأيتها تهرع خارجةً من دورة المياه وهي تبحث عن صديقتها التي سمعتُها تصرخ باضطراب قائلة اختفت وكانت تمسك بيدها قلادةً وهي ترتعش وكان بصحبتهم هذا الرجل.

ثم أشار إلى سام الذي كان يجلس على الأريكة في مقابل مكتب المحقق الشرطي. لم تلتفت له آنا عندما دخلت إلى المكتب، لكنها عندما استدارت بوجهها وجدته يجلس في سكينة، واضعًا إحدى رجليه على الأخرى، وهو ينظر إليها في تعالٍ قائلًا :ـ تلك الفتاة الصعلوقة واحدة من العصابة التي تشكَّلت بهدف اغتيالي دعوني أنال منه. ثم انقض عليها محاولًا الإمساك بعنقها، لكن ضابطًا آخرَ كان يقف إلى جوار الباب أسرع إليه ليمنعه. صاح المحقق قائلا :

ـ أرجوك سيد رودريغز عليكَ أن تهدأ وإلا اضطررتني لإخراجك.

وفي تمام الخامسة مساء حضرت شرطة البلدية إلى منزلهما، وأخرجت أمرًا قضائيًا باستدعائهما. لم يستغرق أيٌّ منهما وقتًا للحاق بالشرطة، فقد كانا على حدسٍ مسبق بقرب مجيئهم، فكل المؤشرات تتجه إلى ذلك. وأسفل البناية توقف يحيى طالبًا منهم أن يسمحوا لهما باللحاق بهم عبر سيارتهما الخاصة فلم يمانع الضابط، وقاد السيارة؛ لأن كارمن كانت في حالة سيئة. وصلا إلى مكتب التحقيق الفيدرالي بمانهاتن السفلى حسب عنوان المجني عليه. وبعد دقائق صعدا برفقة اثنين من الضباط، وكانت نانسي تقف منتظرة أمام أحد المكاتب عندما كانا في طريقهما لعبور الممر. فكرت نانسي للحظة حتى تمكنت من تمييز صوتيهما، واستنبطت أنه ستؤخذ شهادتهما فيما حدث معهما داخل المتجر، ومضيا نحو مكتب التحقيق بينما لم يعيراها أي نظرات.

أوقفهما الضابط أمام الباب لعدة ثوان قبل أن يُسمح لهما بالدخول. في الأثناء أرسلت آنا رسالة نصّية عبر الواتساب إلى نانسي تخبرها بضرورة التكتم على أمر صلتها بهم، خيرًا من الادلاء بأي معلومة قد تُعقِّد القضية الأخرى التي جاءت لها نانسي. انفتح الباب فدخل يحيى وتبعته كارمن، وما إن انغلق خلفهما حتى وجدا آنا أمام إحدى أحد المكاتب الفارغة بانتظار ضابط التحقيق. كان بالمكتب ضابط آخر طلب منهما الجلوس، فيما آنا تحدج يحيى وتشير له على الهاتف، فالتقط الإشارة وأسرع بإضاءة هاتفه. وبينما كان الضابط يرحب بهما ويرتب أوراقه وصلته رسالتها التي تطلب فيها بألّا يأتيا على سيرة أي شيء مروا به في المتجر.

بدأ الضابط تحقيقه عندما سألهما عن صلتهما بالمجني عليه، فالتقط يحيى الإجابة سريعًا قبل كارمن، وأخبره موجزًا عن إطار صداقتهما معه. عاد ليسأله عمَّا حدث بالأمس عندما كانوا يقضون وقتًا معه والسيدة آنا غريغوفيتش، وهو يشير إليها، ويسأله إن كان يعرفها، فأجابه بالقطع، ثم استطرد قائلا: ـ كان يومًا فريدًا كنا نحتفل بعيد ميلاد كارمن برفقة السيد رودريغز وآنا تتنزه هنا بالسنترال بارك وتناولنا الغداء معًا وتناقشنا عشنا لحظات رائعة ويالها من لحظات عندما تجتمع بالأصدقاء الذين تحب الحديث إليهم.

كان ملحوظًا على كارمن أنها لا تود الحديث؛ إما لأنها تشعر بالتوتر، وإما أنها تكتم شيئًا ما لا ترغب بالإفصاح عنه. صمت الضابط قليلًا ثم ضغط على جرسٍ لجانب يده. فأدخل الحارس نادل المطعم. توقف النادل أمام الضابط ولم ينتظر حتى قال صائحًا:

ـ ها هي الفتاة التي كانت تصرخ قائلة اختفت.

عاد الضابط ببصره إلى كارمن، فسألها عن أي شيء يتحدث النادل؟ مرة أخرى تلعثمت لكنها تجهزت بنفسٍ عميق لتجيب قائلة:

ـ قلادتي لقد فقدتها بعد أن سلَّمتها لآنا حتى أنتهي من ملابسي فقد وقع عليها قليل من معجون الطماطم وكان من الضروري أن أهرع لإصلاح ما فسد.

تنفست آنا الصعداء، واسترخى يحيى. بعدئذ دخلت نانسي إلى مكتب التحقيق، وحدقت في آنا بقلق. أنكرت نانسي أنها يمكنها الاستدلال عليهما، لكنهما ما إن سمعا حسها حتى أدركا أنها تلك الفتاة الملونة التي كانت محتجزة بالغرفة المجاورة. خرج الضابط من المكتب، فغمزت إليهما آنا في حيلة منها لتفادي التفوه بأي كلام يثير الشك بالمكتب حيث هنالك كاميرات يمكنها التقاط صوت وصورة. عاد الضابط وأخبرهم بأنه يمكنهم الاستعداد للرحيل شريطة أن يبقوا متجهزين لأي استدعاء آخر في إطار التحقيق. نزلوا وعرضت كارمن عليها أن تركب معهما، وطلبت من يحيى القيادة بينما تشعر بتحسن كبير. ركب يحيى إلى جانب زوجته، أما آنا فتحت الباب الخلفي، وألقت بحقيبتها لداخلها حتى تحركت السيارة.

قالت آنا بارتياب: ـ لا أصدق لقد صرنا متهمين بقضية اغتيال يا له من لاعب ماكر. فعلَّق يحيى قائلًا: ـ لقد توقعت ذلك. لم تمِلْ كارمن لرأيهما، فعقَّبت قائلة: ـ ليس من المعقول أن يختلق سام كل هذا الكذب حتى يُغيِّر مسار الأحداث. تنهدت آنا وهي تقول: ـ ولكنه فعل فماذا تريان؟ بدت كارمن منهمكة بالتفكير إذ قالت: ـ إن أكثر ما يشغلني هو إيجاد وسيلة لاسترداد القلادة. قال يحيى منوِّهًا بهما: ـ لكن يجب ألّا يعرف أحدٌ بأمرها. فأجابت آنا وهي تضحك قائلة: ـ لقد عرف الجميع على كل حال. أومأت كارمن بالنفي وقالت: ـ ليس الجميع يجب أن تبقى هذه الأخبار تحوم

حولها الشائعات ويجب ألا نسمح لها بأن تتحول إلى حقيقة ولا تنسوا أننا قد نفينا أي علم مسبق لنا بها.

اقتنع يحيى فقال: ـ أتفق معك لكني لا أفهم ماذا استفاد بكل تلك البلبلة؟ وبعد أن كان جانيًا استحال مجنيًا عليه ونحن المتورطون. ابتسمت آنا وهي تقول له: ـ ظننتُكَ أذكى حتى تدرك المغزى أراد تحريف مسار البوصلة ليفرِّق الأنظار عنه ويستحوذ بمفرده على السر الأعظم كما قال. التَوَثْ كارمن على نفسها، ونظرت إلى آنا إذ تقول: ـ وهل تظنين أنه قد استحوذ عليها له وحده؟ رفَّت عينُ آنا وهي تستدير إلى النافذة وتقول:ـ ليس بعد فالصراع لم ينتهِ.

وفجأة صاح يحيى قائلًا:

ـ ما بال تلك السيارة تتبعنا منذ البداية؟

سيطرت الهواجس على كارمن فقالت وهي تتلفت بالمرآة قائلة:ـ عن أي سيارة تتحدث؟ استدار يحيى قائلا:ـ تلك السيارة اللعينة انظري إليها ولاحظيها. تقوَّست آنا فنظرت خلفها وفطنت قائلة :ـ أظن أنها تقتفي أثرنا كما يقول يحيى فلنكتشف ذلك كارمن من فضلك انعطفي يسارًا بعد ذلك المبنى. تيقنوا بأنها تسير على خطاهم، فبدر لذهن كارمن أن تبقى تدور بلا هدف حول المبنى حتى يتسنى لهم معرفة ما خطبها، لكنها ما برحت وراءهم بالسرعة ذاتها، ثم صاحت آنا قائلة :ـ إنهم يحاولون الاقتراب منا بسرعة زائدة من الأفضل البقاء في شوارع جانبية ولا نتخذ طريق المنزل قبل أن نختفي عن أنظارها.

توقفت كارمن في شارع جانبي ونزل يحيى إلى سوبر ماركت. بعد خمس دقائق عاد حاملًا بعض الطعام وزجاجة مياه. انتظروا اللحظات قبل أن تدير كارمن محرك السيارة؛ لتنعطف يمينًا، ثم توقفت مجددًا. فقال يحيى مستغربا: ـ لماذا توقفتِ هنا؟ أجابته كارمن في تشثتُّت قائلة: ـ ألا تنظر ؟ علينا أن نمعن التركيز في كيفية الغروب عن أعينهم. لكن آنا صاحت قائلة:ـلدي فكرة.

نزلوا عنها ليتوقفوا عند محطة لانتظار الحافلات، حتى اقتربت حافلة فصعدوا إليها. وقالت كارمن بغضب:ـ ما الذي فعلتِه هذا يا آنا؟ أين سنذهب؟ فأجابتها قائلة:ـ سنعود إلى منازلنا وغدًا يمكنكِ العودة لاستعادة سيارتك. ثم أسهبت قائلة :ـ ليس لدينا أي مجال آخر إنني على ثقة بأن تلك السيارة أرسلها سام لمر اقبتنا. شكَّك يحيى في كلامها وقال: ـ مجرد وساوس لعينة دعك منها يا آنا بربك ماذا يمكن لذلك الوغد الغادر أن يُدبِّر لنا من جديد؟ يبدو كليثٍ منتصر ينظف أسنانه. ألمحت كارمن إليه بأنه ربما يكون مخطئًا، وقالت: ـ ولِما لا يكون قد بات مسعورًا وحشًا هائجًا بإمكانه الإطاحة بأي شيء؟ ومالت آنا إلى رأيها، فأردفت

قائلة: ـ قلبي يخفق أشعر كما لو أن أحدهم معنا الآن في الحافلة. فقال يحيى: ـ كارمن لنعد إلى السيارة ونعود بها إلى بيوتنا بسلام.

صارت الساعة الثامنة مساءً عندما اقتادتهم كارمن إلى الطريق السريع على جسر منهاتن الضخم، وبدون أي مقدمات فزعت كارمن من شاحنة خلفها، أخذت تضيء وتطفئ كشافاتها، عدة مرات متسارعة بشكل مريع، بينما كانت تسير على سرعة جنونية. اقتربت منهم الشاحنة الكبيرة، بينما آنا أخذت بالصراخ قائلة:

ـ أسرعي أنها تقترب يا إلهي ستصدمنا.

ضغطت كارمن بقوة على دواسة البنزين، فطارت السيارة على الجسر بسرعة مهولة. اقتربت الشاحنة من مؤخرة السيارة أكثر فأكثر، وما عادت كارمن قادرة على كبح جماح تدفق الأدرينالين بجسدها، والذي وضع أعصابها في حالة من التجمد، بينما كادت عيناها أن يقتلعاها الرعب. صاحت آنا قائلة :ـ كارمن احترسي. وما إن انتهت حتى تلامست الشاحنة مع مؤخرة السيارة فصدمتها صدمةً حادة، واندفعت السيارة بقوة عدة مترات إلى الأمام.

ـ أسرعي يا كارمن ستنقلب السيارة من فوق الجسر يا إلهي ما الذي يحدث؟

كانت كارمن تموج بسيارتها عبر انحناءات حادة سريعة؛ تفاديًا لارتطام الشاحنة بهم. بكل مرة كانت الشاحنة تتمايل خلفهم بجنون بهدف دفع سيارتهم للسقوط في الماء من فوق الجسر الشاهق، وبمنتصفه حاولت سيارة أخرى الإفلات من المطاردة التي تشتد عنفًا وبيلًا. اقتربت الشاحنة بشدة من الجانب الأيسر للسيارة الأخرى، بينما كانت تلاحق سيارة كارمن التي انعطفت بحدة خاطفة تجاه اليمين. ازداد اقتراب الشاحنة من السيارة الأخرى التي حاول قائدها تفادي الاصطدام بها؛ فقام بتخطٍ مفاجئ للشاحنة، وما لبث أن انفتل إلى الجانب الآخر بحركة إفعوانية، فاصطدمت صدمةً هائلة وارتفعت مؤخرتها إلى الأعلى. كان الاصطدام كافيًا أن جعلها تنقلب لمرات رأسًا على عقب، حتى هوت من أعلى سور الجسر بلمح البصر. بدورها نجت سيارة كارمن التي ضاعفت من سرعتها حتى وصلت إلى نهايته، وتوارت بعيدًا عن الشاحنة.

توقفت كارمن قرب غابة صغيرة ذات أشجار ضاربة برقبتها في السماء. فقالت آنا :

ـ لقد نجونا بأعجوبة.

صاح يحيى بانفعال جمّ قائلا :

ـ من المحتمل أن يستمر في أساليبه القذرة للتخلص منا.

قالت كارمن في انهيار: ـ وهل سندعه ينال مراده بذلك؟ حافظت آنا على هدوئها وقالت:ـ إن كنا راغبين في التصدي له فليس بإمكاننا مواجهته بألاعيبه

الماكرة نفسها بيد أنه يستغل سلطاته لِيَكفُّنا عن الاهتمام بالقلادة. أجابتها كارمن بعزيمة قائلة: ـ لكن ذلك سيكون ضربًا من الخزي والعار أن ندعه يفلت بفعلته الغادرة دون أن نتصدى له. تفتَّق ذهن يحيى عن خاطر راوده فتساءل قائلًا: ـ هل تفكران فيما أفكر فيه الآن؟ فسارعت آنا بالردِّ قائلة: ـ وفيما تفكر؟ أبصرت كارمن ما يدور بخلده، فأجابته وهي تطيل النظر إليه قائلة :ـ نعم أنا أفكر. لم تستطع آنا تحمل مزيدًا من الغموض في حديثهما؛ لذا أسرعت تقول :

ـ الآن وقبل أي شيء يجب أن تُفَهِّمَاني.

***

كان الشارع المقابل للنادي الماسوني بالحي الصيني يعجُّ بعشرات المحتفلين من جنسيات متعددة تجمعوا لتصوير عرض رقصة التنين بكاميرات هواتفهم الشخصية، وما يصاحبها من دقات طبول صاخبة لجلب الحظ. بدورهم ارتدَّ الأصدقاء على أعقابهم إلى حيث مانهاتن. كانت آنا على معرفة بإحدى بأحد المحلات المرخصة التي تعرض أقنعة الوجه ثلاثية الأبعاد، وتمكنت من خلال علاقتها الجيدة بالسيدة اليابانية زوجة صاحب المتجر أن تحصل على أقنعة مختلفة لوجوه آسيوية بسعر مناسب. بعدها توجهوا إلى النادي الصيني، وقطعوا تذاكر للدخول إلى المكان الذي طالما حكى سام بأنه يلعب فيه البوكر مساء كل إثنين.

في تمام العاشرة مساءً دخلوا إلى النادي المفعم بالمرتادين من جنسيات عدة. استقبلهم النادل بحفاوة، وقادهم إلى أحد المقاعد الفارغة على مقربة من مسرح العروض، واستقروا بمقاعدهم بينما يقدَّم لهم النادل قائمة المشروبات، في الوقت الذي لم تكن أي من العروض الخاصة بالنادي قد بدأت بعد. بعد قليل نهض يحيى ثم كارمن وتوجها إلى دورة المياه، وبقيت آنا التي لحظات ونهضت لتفقد المكان. وفي الطابق العلوي كان هنالك حفل زفاف مقام على أجواء غريبة وغامضة. ولمَّا خرجا الزوجيْن لمحا آنا تصعد السلام، فتعقَّباها إلى غرفة شبه مظلمة مليئة بجماجم بشرية وأدوات هندسية من الخشب.

كان الرجال يجلسون شمالًا، والنساء جنوبًا، في صالة متسعة تحدها كراسي من كل حافاتها في تراص مذهل، بينما بعض الأعضاء يجلسون بدون مآزر مرتدين قفازات سوداء وأخرى بيضاء. وكان أحدهم يرتدي مئزرًا خاصًّا ويجلس خلف مذبح على رأس مائدة تحفُّها الكراسي، وعليها طبق كبير مُذَهَّب به خاتمي زفاف وكأس ماء وأخرى بها نبيذ أحمر وثالثة فارغة. وكانت تتزين بالزهور وبعض أدوات مراسم الاحتفال فيما رُبط العروسان برباط أزرق طويل من عند الخصر. كما وُجدت هنالك مبخرة على مائدة ثانية يجلس إليها الأستاذ، فوق

أرضية رخامية تتشكل في مربعات بيضاء في سوداء، ووقف إلى جواره ثلاثة رجال بقفازات بيضاء، يضعون أيديهم اليمنيات على صدورهم بينما يقفون في وقار. وفجأة تَرِنُّ كلمات الأستاذ البليغة خلف المذبح، والتي ينهيها بقوله:

ـ كما تعرفون فإن الماسون يجاهدون من أجل جمع الرجال والنساء حول فكرة السلام ومن أجل إيقاظ الحب في قلوبهم.

لا بد أن دخان البخور بدأ يتصاعد بكثافة مع دخول الزوجين. ثم شُكِّلت قبة الحديد وهو ما يعني أن يقوم عدد من الأعضاء بعمل قبة من السيوف، مُحْدِثين جلبة بسيوفهم بالتزامن مع عزف الأورج لمارش الزفاف حتى أعطِيت النذور فباركهما الأستاذ وأعلنهما زوجين. تعجبت آنا عندما تذكَّرت ادعاءَ الماسون بأنهم مجرد أخوية دنيوية لا علاقة لها بالأديان. واسترسل الأستاذ موجِّهًا خطابه إلى العروسين قائلًا :ـ تقبلا مهمتكما واتبعا خطى السادة الماسون الذين سبقوكما لديكما امتيازٌ كبير فأنتما تعرفان الغايات التي يُعمل لها كل جهدٍ شاق بينما يجب على الآخرين الكفاح في الظلام يجب ألا يقتصر جهدكما على العمل في المحفل بل أن يشعَّ ضياؤكما في منزلكما وفي أعمالكما.

كان الأستاذ النوراني من المرتبة المتوسطة يرتدي بذلة كحلية كلاسيكية أنيقة، ويلتف حول خصره مئزرًا أبيضًا بحافات ذهبية مطرَّزة على شكل خطاب، أشبه ما يكون بخرقة الصوفية. وحول عنقه فوق البذلة كانت هناك قلادة قماشية أرجوانية يتدلى منها شارة ذهبية لافتة، وبداخلها مسطرة معمارية متعامدة مع فرجار هندسي ويُغْلِقان على حرف (G)، بالإضافة إلى عدة نياشين مُدَبَّسة فوق صدره. كان يغطي يديه بأكمام أرجوانية ويضعها على كتاب ضخم إلى أمامه فوق وسادة زرقاء. فتح الدستور الأعظم إلى صفحة ما ووضع المسطرة على أحد بنوده وفوقها وضع الفرجار، ثم أمسك بمطرقة وقرع بها على الطاولة مرة فالثانية، وعند الثالثة سُمع صوت موسيقى أوبرالية قوية تهز النفوس. كانت المعزوفة من مألوفة النايات الساحرة لموتسارت المستوحاة من أسطورة إيزيس وأوزوريس، وأمَّا العروسان بديتا وكأنما تتلقيان الدروس الأولى لهما الخاصة بمرتبة المبتدئ. تقدم الحاجب إلى طاولة الأستاذ وقال:

ـ العروسان فقيرتان تعيشان في الظلمات وترغبان في رؤية النور وهما مرشحتان من السيد رودريغز.

فسأله الأستاذ قائلا :

ـ هل تشهد أيها الحاجب بأنهما أعِدّا جيدًا؟

فأجابه في ثقة قائلا :

ـ أشهد أيها الأستاذ الأعظم.

عندها بدأت المراسم، ووضع الأستاذ عصابة على عيون العروسين أثناء أدائهما القسم كونه رمزًا إلى الظلام الذي كانتا فيه قبل اكتشافهما لحقيقة نفسيهما على طريق الماسونية. وقال الأستاذ لهما: ـ لتتقدما. ساقاهما رجلان حتى وقفتا إلى أمامه، فمدَّ أحدهما خنجرًا يدويًا، ووضع سِنَّه أسفل قلب إحداهما، وقال:

ـ هل تشعرين بأي شيء؟

فأجابت: ـ أجل أشعر. فعاد ليقول ممسكًا بورقة في يديه: ـ أيتها الطالبة أسألكِ أن تركعي على ركبتيكِ فيما تتنزل بركات السماء على جلستنا.

انخفضت الفتاة على ركبتيها بينما كان عضوان يقفان خلفها، ويمسكان بعُصِي خشبية قد وضعاها فوق بعضها البعض بحيث تتقابل عند نقطة خلف مؤخرة رأسها، ثم ردَّد أحدهما بعد أن ارتدى نظارته قائلًا :

ـ أيها القدير وفقهما في الدخول إلى عشيرة البنائين الأحرار.

وربما أن الفتاتين لا تدركان حقيقة ذاك القدير الذي تقسمان باسمه، لكن هذا لم يمنعهما من الانضمام ظنًا منهما بأن ذلك يحرر هما، فقرأ عليهما وثيقة التعهُّد التي أقرَّتا فيها بأن يكونا أمينتين على السر الأعظم. أمرهما بالركوع على قدميهما اليسرتين، وأعطاهما الكتاب الضخم لتقبيله. في تلك اللحظة خلع أحد الأعضاء العصابة من على أعينهما، فقال لهما الأستاذ :

ـ وأنتما تنضمان إلى هذا المحفل الماسوني يصطك هذا الخنجر بثدييكما الأيسرين العاريين وإذا حاولتما التراجع في يوم من الأيام يَنْشدُّ حول رقبتيكما من وراء فتكونان أنتما قاتلتي نفسيكما وإن لم يكن هذا أو ذاك فإن العقوبة التقليدية هي جذُّ عنقيكما من الجذور إذا أفشيتما سرًّا من الأسرار وإن لم تكونا متأكدتين من قدرتكما على حفظها فهذه فرصتكما الأخيرة للتراجع وإلَّا فليساعدكما الرب.

شرع العروسان بالطواف حول الهيكل باتجاه عقرب الساعة، فغادروا ونزلوا إلى الصالة. جلست آنا فوق المقعد العالي أمام البار وأخذت تُأرجح قدميها، وتتمايل في سكرةٍ مع الموسيقى الهادرة، مع ذلك بدت جادَّة حين صاحت بكارمن وهي تلف رأسها قائلة :ـ انظري. كان سام يصاحبه رجلان ضخمان مفتولا العضلات يمضون خلال الصالة، ولم يتوقف لرد التحية على أحد، بينما أكمل صعوده حتى الطابق الثالث. كان باديا عليه الانفعال، فبشرته الوردية كانت متبدلة بشكل ملحوظ ومتغيرة إلى لون برتقالي مشع بالغضب.

ذلك أنه كان قد أنهى لتوه سجالًا عصيبًا على الهواء بقناة الجزيرة الناطقة بالإنجليزية، حيث حلَّ ضيفًا باستديو البرنامج الأسبوعي. خلاله استضافت المذيعة عبر اسكايب كلًّا من : السيد مكسيم مردوخ أمين قسم المخطوطات

بالمكتبة الوطنية من موسكو، وعلى يمين الشاشة من كيب تاون الوزير اللبناني الأسبق ورجل الأعمال المحسوب على جماعة حزب الله السيد غسان الشريف.

بعد الترحيب استهلت المذيعة اللقاء بقولها:ـ ثمة قول شائع أن الماسونية في القرن العشرين صارت جمعية أسرار أكثر منها جمعية سرية فإلى أي مدى يبدو ذلك صائبًا؟ ثم أدارت وجهها إلى سام وقالت:ـ طابت أوقاتك سيد رودريغز في البداية أود أن أطمئن المشاهدين على سلامتك بعد نجاتك من محاولة اغتيال غاشمة صباح هذا اليوم علِمنا بأنك أشرت بأصابع الاتهام إلى أشخاص منضوين تحت لواء بعض الحركات المعادية للسامية فهل لك أن تخبرنا لما قد تستهدف تلك الحركات نشطاءً بارزين وأعضاء فاعلين في المحافل الماسونية حول العالم وبالأخص هنا في الولايات المتحدة؟

ابتسم سام وأجاب قائلا:ـ مساءٌ سعيد أشكركم على الدعوة والاهتمام في الواقع التحقيقات جارية وبالطبع لن أنسى شكر رجال الشرطة واليوم استجوبوا رجلا وامرأتين مشتبه بضلوعهم في تنفيذ الواقعة إن ذلك ينمُّ عن نجاحنا الذي يستفزهم ونحن ماضون في دربنا الساعي في سبيل الخير والعدل والمساواة والدفاع عن حقوق الإنسان ويكفي أن أنشطتنا الناجحة محل تقدير الجميع.

قاطعته المذيعة قائلة:ـ لكن تلك الأنشطة يلفها الغموض والإمعان في السرية على كل حال موضوعنا اليوم غير مألوف وحساس بعض الشيء لا يوافق الكثير على الخوض فيه أمام الكاميرا وأثمِّن قبولكم الدعوة. ثم رحبت بمكسيم مردوخ وقالت:ـ أود أن أسالك في البداية كيف حدث أن النصف تقريبًا من مجمل الوثائق المتعلقة بهذا الموضوع موجود بالفعل في روسيا حاليًا؟

ردَّ الرجل ذو السيمياء الهادئة التحيةَ، ثم أوجز قائلا:ـ ينبغي أن نبدأ من القرن الماضي بعد أن دخلت القوات السوفيتية برلين صادرت جهات خاصة من الجيش الأحمر جميع الوثائق ونقلتها إلى الاتحاد السوفيتي علمًا بأنها لم تحظ بشكل كافٍ من الدراسة حتى الآن.

قالت المذيعة في محاولة للفهم:ـ أفهم من كلامك أن النازيين حاولوا تجميع أكبر عدد ممكن من الأرشيفات الماسونية في كل البلدان التي احتلوها على كلٍ أتوجه بالسؤال إلى السيد غسان الشريف سيد الشريف مرحبًا بك نود بدايةً أن نُعرّف المشاهد الكريم على بدايات الماسونية في الوطن العربي. ـ شكرًا لكم على الاستضافة الكريمة.

استهل غسان الشريف غليظ الملامح حديثه بذلك، ثم استطرد قائلا:ـ يؤَصِّل البعض لذلك منذ أول محفل بمصر عند وصول نابليون وأسطوله، وبمساعدة كليبر أسسا محفل إيزيس بعدها وصل عددها لأكثر من مائة وكان يخافون

المجاهرة بذلك فافتُتِح محفل الأهرام في الإسكندرية وانضم له كبار الأدباء والنبلاء وعلية القوم ووصل عدد أعضائه لنحو ألف عضو ثم تأسست الهيئة الماسونية المصرية حيث تم تكريم الخديوي الخديو توفيق بعد تصدِّيه للثورة العرابية، لكن بعد ثورة يوليو حلَّ عبدالناصر كل المحافل ومنع أشطتها غير أنها عادت بأثواب جديدة براقة وشعارات وأعمال خيرية وجميع أعضائها منتشرون في الإعلام وتتاح لهم الفرص لجني الشهرة أمَّا لبنان سيدتي فالماسونية في المطلق بذرتها الأولى نشأت في جنوب لبنان وتحديدًا في صور موطن البطل الماسوني الخرافي حيرام أبيف مهندس الهيكل المزعوم الذي يبحثون عنه أسفل قبة الصخرة ما يعني أن للماسونية أصابع صهيونية قديمة.

عادت الإضاءة إلى المذيعة التي علَّقت قائلة: ـ جميل ذلك التأصيل من وجهة نظرك سيد الشريف وأود العودة إلى ضيفي في الأستوديو سيد رودريغز استمعنا إلى سيد الشريف الذي عاد بنا إلى الجذور لكن هل حقًّا ما يُشاع من أن الماسونيين الأمريكان استدعوا ماسونيين أوروبيين لمساعدتهم في الحرب ضد الإنجليز؟ إذا ما علمنا أن أولئك الجنرالات الأوربيين الماسونيين كانوا يؤمنون بأفكار الدولة الجديدة في القارة الأمريكية الواعدة وفق التصورات الماسونية؟

ابتسم السيد رودريغز وقال بهدوء: ـ هناك تبسيط إلى حد ما لإن الماسونيين كانوا على طرفي النزاع فكل الأفواج الإنجليزية في أمريكا كانت لها محافلها الخاصة والماسونيون الذين كانوا في هذه المحافل حاربوا من أجل التاج البريطاني لو كانت ثمة مؤامرة لكان من المفترض بابن بنجامين فرانكلين ويليام والذي كان ماسونيًّا أن يساند والده إبان حرب الاستقلال والأكثر من ذلك أن جورج واشنطن كان لفترة طويلة مواليًا للتاج البريطاني حتى لما انخرط في الكفاح للاستقلال لم يكن يريد الانفصال التام في وقت كان الثوار الذين أعلنوا الاستقلال فيما بعد يريدون أن يدفعوا الضرائب بالحجم ذاته الذي يدفعه الإنجليز وكل هذه الأفكار صادف أن تطابقت مع الأفكار الماسونية.

عقَّبت المذيعة قائلة: ـ حسنًا سيد رودريغز اتضحت فكرتك أعود إليك سيد مردوخ فبالعطف على ما ذكرته أريد أن أعرف منك ما هو أقدم تاريخ تحمله تلك الوثائق؟

أجابها مردوخ قائلًا: ـ نستطيع القول بدايةً من القرن الثامن عشر أي في حقيقة الأمر منذ الجذور الأولى للماسونية في روسيا.

قاطعته المذيعة وقالت منتقدة: ـ لكن ثمة تصور راسخ عن الماسونيين كطائفة باطنية منغلقة على نفسها ولذا فإن إمكانية الوصول إلى وثائقهم أمر مستحيل عمليًّا

وإذا سُمح لأحد بالاطلاع على شيء ما فيكون ذلك الطبقة المرئية أمّا ما تحتها من الأرشيفات المهمة فهي ليست بمتناول الجميع.

فأجابها قائلًا: ـ لنأخذ مثالًا المكتبة الوطنية التي أحدثكم منها فهي تضم أقدم مخطوطات جمعت في عهد الإمبراطور ألكسندر الثاني وفيما قيل عنه إنه قد أُودِعَ سر الماسونية الأعظم في بريطانيا بينما لم يزل وليًّا للعهد كما أنه كان حفيد الإمبراطورة كاترين العظيمة وعمليًّا كان كل المحيطين بها في عداد البنائين الأحرار ونذكر أنه طُبقَ في عهده إصلاح بموجبه تم تحرير الفلاحين من نظام العبودية حيث كان وزير داخليته زعيم المحفل الإقليمي الكبير وكانت في عهدته أقدم الوثائق وبعد وفاته سلمت ابنته الأرشيف إلى الدولة وباتت مواده متاحة للعموم حتى تولستوي كان من أوائل من درسوها وقد أسهب في تناول الطقوس خلال أحداث رواية الحرب والسلام.

عادت المذيعة إلى غسان الشريف وسألته قائلة :

ـ لطالما ترددت أسماء مسلمين كُثر في الماسونية فكيف ترد على تلك الآراء؟

فضحك وقال:ـ بصراحة بدا أنه اكتشافٌ خاصٌّ بالسيد مردوخ يثير استغرابي ما يقوله وواقع الأمر أن كل تلك الشائعات أسهم في نشرها أعضاء الحركات الماسونية من أمثاله وهدفهم الطعن في ثوابت الأمة وأبطالها.

فقاطعه مكسيم مردوخ وهو يقول: ـ هناك وثائق يا رجل لكن قلما من يعرف ذلك لا سيما مع وجود موقف متعصب في بعض الأنظمة العربية والإسلامية ومثلا عندما أُطيح بشاه إيران أعدم كثيرٌ من حاشيته لكونهم ماسونيين وهناك من قال إن الشاه نفسه كان ماسونيًّا رغم عدم وجود ما يثبت ذلك.

احتجَّ غسان الشريف، وقال غاضبًا: ـ من فضلك سيد مردوخ لا تقاطعني وأنت ماتزال على خطاك الخبيثة لبث الشائعات إن الماسونيين يحبون أن يُوقعونا في الحيرة بأن ضلّلونا وبثُّوا وسط الشعوب رجالهم للإيهام بأمور لا تعكس الحقيقة كوجود الفضائيين مثلًا أو الجوف أرضيين وليس ديفيك آيك ببعيد وهو ماسوني من الدرجات العليا الذين شاهدوا الرئيس الأعظم وهو يهاجم الماسونية أليس هو صاحب المقولة الشهيرة إنهم يريدون عقلك لأنهم عندما يحصلون عليه يحصلون عليك؟ إنهم مخادعون ينشرون خرافات تزعم أن تاريخهم يبدأ من نوح أو أن أسرارهم كانت محفورة في برج بابل حتى يكتنف نشاطهم ظلال شيطانية تسربله دائمًا لكنها ضرورية لتبدو الماسونية شريكة في سر ما من أسرار الكون في حين لا يعلم أحد حتى اللحظة أي معلومات كافية عن نشاط الطبقات العليا وإن كان الأمر كذلك فكيف لنا أن نصدق مثل تلك المزاعم التي تقول انظروا هذا العربي أو ذاك المسلم ماسوني.

علَّقت المذيعة بقولها: ـ يبدو هذا منطقيًا أعود إليكَ سيد رودريغز ربما يتعجب البعض من محاولتكَ درء المزاعم القائلة بأن الماسون قد صنعوا أميركا في حين تظهر صورة ختم الولايات المتحدة على ورقة الدولار وهو رمز ماسوني بكل جلاء حيث يُصور عين الدجَّال داخل مثلث فوق هرم ثلاثي الأضلاع من ثلاث عشرة درجة تحته لفافة تعلن حلول نظام كوني جديد وحتى ريش النسر للختم عدده في جناحه الأيسر ثلاث وثلاثون ريشة ما يطابق الدرجة العليا الثلاث والثلاثين فهل نظام العصور الجديد المكتوب أسفل الهرم يعني بوضوح أن أحلام الماسونيين قد تحققت؟

أجابها سام قائلًا: ـ أنا مستعد أن أعترض على النحو التالي ذات مرة وقعت عيناي على الختم الروسي بعد ثورة 1917 وكانت عليه صورة الصليب المعقوف لا النجمة الحمراء ماذا نقول في ذلك؟ أنقول إن النازيين شاركوا في خلق الدولة السوفييتية آنذاك لم يكن لهم وجود أصلًا كل ما هنالك أن دولة جديدة صارت تبحث عن رموز جديدة وكانت هذه الشارة إحدى أقدم الشارات.

في الأثناء كانت آنا تمسك بزجاجة جعة وتهتزُّ على الموسيقى الصاخبة، وهي تقول بسخرية: ـ لا يزال يوجد في عالم اليوم من يُلقي بأموال إلى شركةٍ لإنتاج الصوتيات والمرئيات كي يثبت أن أغنية لمادونا لا تعني للمستمع العادي أكثر من إيقاع راقص وكلمات لعوب هه لكن المفاجأة تأتي حين تُلعب الأغنية من الخلف إلى الأمام فتكون كلماتها أيها الشيطان البطل.

التفتت إليها كارمن وقالت: ـ لا يزال هناك اعتقاد أن الماسونية في العالم الثالث بشكل عام وفي البلاد العربية خاصةً كانت ولا تزال إحدى أذرع الإمبريالية الغربية التي تتسيد بها العالم من خلف الكواليس كانت أشبه بالقرد على ظهر الجيش البريطاني وكذلك قوات الاستعمار الفرنسي.

أردفت آنا قائلة بحماس: ـ فيما مضى أخبرني صديقٌ لي وهو ضابط شرطة ماسوني سابق قال لي بالحرف الواحد لقد خاب أملي من البداية إذ بدا له لأول وهلة أن أعضاء المحفل كانوا يسعون لمصلحتهم الشخصية وبمجرد التحاقه بدأوا يطلبون منه مصالح على أساس أنهم إخوان.

وعلى الشاشات عادت المذيعة لتقول: ـ أريد أن أسألك سيد مردوخ عن علاقة الماسونيين بتدبير الثورات فمثلًا الماسون الروس كان شعارهم أي الحرية والمساواة والأخوة يتطابق تمامًا مع شعار الثورة الفرنسية فهل أصيبوا بعدوى الروح الثورية لدرجة تجعلهم يدبرون لانقلاب ضد القيصر لإقامة الجمهورية كما حدث في فرنسا؟

أجاب مكسيم مردوخ قائلًا: ـ على العكس ففي القرن الثامن عشر عندما ظهرت عندنا الماسونية كانت اللغة الألمانية هي الأكثر انتشارًا في روسيا لذا كان تأثير الماسونية الألمانية أكثر بكثير.

قاطعته المذيعة لتقول بينما تقرأ من كتاب: ـ معذرةً سيد مردوخ! أنا أقتبس لكَ موضوع نشأة الثورات في القرن العشرين من كتاب الأسرار الثلاثة وثلاثون للماسونية للكاتب الصحفي ويليام روبرت وهو بالمناسبة أثار ضجة لأن كاتبه نشر مستندات اتُهمتَ بتسريبها من المكتبة الوطنية دون إذن وقد نُشرَ الكتاب ومما جاء فيه أن الماسون الروس بمنتصف القرن التاسع عشر أبدوا تضامنهم مع الثورة الصناعية وأسألك ألم يخش القياصرة من تعاظم هذا النفوذ المتصل بفرنسا؟

انفعل مكسيم مردوخ إذ يقول: ـ أما ما يتعلق بدور لي من قريب أو بعيد بقضية تسريب بعض الوثائق من المكتبة الوطنية هو محض افتراء لأن المكتبة وما تحويه من أرشيفات ووثائق متاحة للاطلاع من قبل الزوار حتى أن البعض يأتون إلى روسيا خصيصًا لهذا الغرض وذلك على عكس المكتبة الوطنية الفرنسية وعلى حد ما ذكره الكاتب في كتابه كان هناك أرشيف محفل نجمة الشمال حيث قال إنه كان يعرف مائة بالمائة الشخص الذي سلمه إلى المكتبة وكان ذلك الشخص ماسونيًا ورغم ذلك قيل له إنه لا يوجد شيء من هذا لديهم حتى أتى لهم برسالة من الشخص الذي سلمهم الأرشيف لكن في كل مرة تواجهه التذرعات بالسرية ما اضطره للمجيء إلى موسكو ومع ذلك أقر بأن عددًا كبيرًا منها لا تزال طي الكتمان وبالنسبة إلى الشق الثاني من سؤالك فلا شك ارتأى العديد من القياصرة في المحافل خطرًا يحدق بهم ولذلك بقيت الماسونية محظورة في روسيا منذ مطلع القرن التاسع عشر.

قاطعته المذيعة من جديد قائلة: ـ نحن نتحدث عن الحظر الكلي والشامل كما حدث في عهد ستالين. فردَّ عليها قائلا :ـ ومع ذلك كان أي موظف يريد أن ينتسب إلى الدولة يُجبر على كتابة تعهدٍ بألا ينضم إلى أي محافل ماسونيةوإن لم يكن له أي قيمة ملموسة ورغم ذلك لعبوا دورًا فعالًا في جميع الثورات البرجوازية سواء ثورة فبراير أو ثورة أكتوبر حتى أن الأفكار التي تبناها الماسون الروس كانت نفسها الشعارات التي رفعها البلاشفة وقد وجدت طريقها إلى عقول طبقة البروليتاريا التي ستبني الاشتراكية بشكل أساسي وهذا التأثر كان قويًا عندما شكَّلوا الدولة الجديدة من خلال استخدامهم لبعض الرموز الماسونية مثل النجمة الحمراء والمنجل والمطرقة وغيرها.

سألت المذيعة قائلة :ـ هل تظن سيد الشريف أنه يمكننا أن نصل إلى استنتاج بأن المحافل تستدرج إلى صفوفها الفئات العليا تحديدًا لأنه من المشكوك فيه أن

يتاح للبسطاء الانضمام إليها بسهولة؟ فأجابها بقوله: ـ قولًا واحدًا إن الثوريين التخريبيين وليس المتنورين أغلبهم كانوا من النبلاء الأرستقراطيين والإقطاعيين الأثرياء في ذلك الوقت بل إنها في الواقع كانت نزعة دارجة أو دعنا نقول موضة.

استدارت المذيعة وقالت :ـ سيد رودريغز لماذا برأيك تحدث الكاتب عن وجود علاقة شبه غامضة بين الماسونية وما يطلق عليها حكومة الظل العالمية ومقرها بجزيرة برمودا بالقرب من سواحل فلوريدا حيث توجد القاعدة الأكيدة لانطلاق الأطباق الطائرة التي رآها الملايين كما ادَّعي بأن بها شعبًا عاملًا وعقليات فذَّة في الشر يسبقون العالم تكنولوجيًا وعلميًا وتقنيًا ولهم طموحات لحكم الشعوب بينما يرأسهم حاكم شاب يظهر على الشاشات بوقت مناسب باعتباره مسيحًا منتظرًا وذلك ما أيده موريس جيساب بقوله عن ظاهرة الأطباق الطائرة بأنها سلوك لعبقريات عاقلة وذكية للغاية من نفس أرضنا وتعلم ما تصنع وإن كانت لا تفصح عن هويتها فكيف ترد؟

ابتسم سام وأجاب قائلا :ـ أولًا لا وجود لوثائق أو مستندات تؤكد تلك الأساطير. لكن المذيعة قاطعته بقولها: ـ هناك مستندات مسرَّبة كما ذكرت لك وثَّقها الكاتب الذي أشرتُ في كتابه مع العلم أنه عشية صدور الكتاب وقعت حادثة حرق غامضة تعرضت لها المطبعة التي نشرته. فاستمر سام في نفيه، وعلَّل قائلًا: ـ تبقى مجرد وثائق هامشية غير راجحة سرقها الكاتب وتعمَّد إضافتها إلى كتابه لبثِّ نوع من المصداقية لكلامه وللعلم يُنظر أمام المحكمة الروسية في اتهامات موجهة له بسرقة وثائق أخرى أُعلنَ عن اختفائها من ذات المكتبة واسألي ضيفكِ فكما نُشر عرفنا أنهما تربطهما صداقة قديمة وإذا كانت الماسونية تفكر نظريًا في تشكيل منظمات لتغدو بنية عالمية من قبيل حكومة ظل فإنَّ أي محاولة من تلك لم تكلل بالنجاح عمليًا.

عادت المذيعة إلى ضيفها من موسكو قائلة: ـ سيد مردوخ أنت كذلك تربطك صلة وطيدة بالكاتب البريطاني مراد نبيل وقد صدر له كتابٌ حديث منذ بضعة أسابيع يحكي فيه عن قلادة غامضة تعود إلى النبي هارون ويزعم أن حكومة العالم الخفيَّة منشغلة بالبحث عنها برأيك لِمَ؟ أومأ مكسيم مردوخ بالنفي قائلًا :ـ ليس لدي علم كافٍ لعل السيد رودريغز يعرف القصة كاملة. فانتقلت الصورة إلى سام الذي قال :ـ أنا ليست عندي إجابة غير ما وصل إليه الباحثون حيث يُعتقد أنها اندثرت بعد غرق معبد هِرَقْليون الذي تَوِّجت به كليوباترا ملكة وهم يبلون بلاءً حسنًا مع ذلك لا جديد حتى الآن.

تدخَّل مكسيم مردوخ بقوله:ـ لكن ذلك حدث في القرن الثاني قبل الميلاد سيد رودريغز نتيجة هزَّات أرضية تلتها موجات مد أدت إلى انهيار جزئي أخذ معه

المعبد الأسطوري بينما يقول باحثون إن القلادة بقيت بِهرَقْليون حتى أفول نجم الإمبراطورية الرومانية ما يعني أنها لم تغرق مع غرق المعبد.

ابتسم سام ثم قال :ـ لا مانع في هذه الفرضية ربما فُقِدت بعد ذلك بعقود كما قلتَ سيد مردوخ أي تقريبًا في القرن السابع الميلادي بعد غرق المدينة بأكملها إلى درجة أن ستة عشر قرنًا من الحضارة إلى دخول العرب صارت مغمورة تحت الماء ومن المحتمل أن احتفالات مدهشة أقيمت في ذلك المعبد بيد أنه كان مغلقًا لمئات الأعوام إذ لم نعثر على أي أشياء تعود إلى ما بعد أوائل القرن الرابع قبل الميلاد.

قاطعته المذيعة قائلة :ـ مع ذلك سيد رودريغز فإن الكاتب أتى بنظرية جديدة وهو يزعم أن أولئك الذين يحكمون العالم في الظل يمارسون تضليلًا للرأي العام لصرف الأنظار عن حقيقة أنهم عثروا عليها في الثلاثينيات من القرن الماضي عندما قام قائد في سلاح الجو البريطاني في أبوقير بإعلام الأمير طوسون بأن طياريه لمحوا أثناء طيرانهم فوق الخليج أطلالًا تحت المياه فكانت أول عمليات التنقيب التي انتُشلت فيها القلادة إلى جانب رأس يمثل الإسكندر الأكبر على كلٍ أنتقل إلى السيد مردوخ لأن ثمة كتب أخيرة منها ما ذهب إليه ويليام روبرت تقول بأن إن قادة ثورة أكتوبر من أمثال لينين وتروتسكي شاركوا في مؤامرة ماسونية يهودية على روسيا بل إنها ثورة يهودية وليست روسية أصلًا فما قولك؟

فشرع بالإجابة قائلًا: ـ صوريًّا كان اليهود حتى القرن الثامن عشر محظور قبولهم في الماسونية لكن الأفكار الليبرالية في بريطانيا وفرنسا راحت تتسرب إلى روسيا وتم الاستثناء لليهود من الحظر ولكن عبارة ماسوني يهودي لم تصبح شائعة إلا بعد مصرع عضو يهودي ماسوني بمجلس الدوما على يد منظمة معادية للسامية وفيما يتعلق بتروتسكي فمن المعلوم أنه درس الماسونية عن كثب وألَّف بالسجن كتابًا مهمًّا وصمها فيه كإحدى تجلِّيات البرجوازية الصغيرة أما لينين فلا يمكن تأكيد ما تقولين بالوثائق ولكن من ناحية أخرى نجد أن شخصيته تنسجم مع نظريات الانتماء لها لكن ما الحكمة من قصر نظريات ما على وقائع تاريخية غير موثقة؟

انتبهت المذيعة للوقت فقالت وهي تمسك بكتاب :ـ سيد رودريغز كيف تفسر أن الماسونيين تحديدًا كانوا الأكثر نشاطًا من الناحية السياسية والشؤون والشئون العسكرية أثناء الصراع من أجل الاستقلال؟ فأجاب قائلا :ـ الماسونية جذابة للأشخاص الأكثر نشاطًا وحيوية وللراغبين بتغيير أنفسهم وأوطانهم والعالم نحو الأفضل. فقالت له وقد أوقفت استرساله: ـ لكن أنصار نظرية المؤامرة لا يؤمنون بالصدف ويرون أن الماسونيين اجتمعوا وقرروا إطلاق حراك ثوري لبناء مجتمع

جديد في أرض شابة وقد بنوا واشنطن وفق الأشكال الهندسية الماسونية كيف ترد على هؤلاء لتثبت لهم أنها ليست بمؤامرة؟

أجاب سام إذ يبتسم قائلا :ـ من المحتمل أن يقول من لا يريدون التفكير إن الماسونيين اجتمعوا في نهاية القرن الثامن عشر خصيصًا لتدبير مؤامرة والقيام بثورة ضد الإنجليز ولكن كل الأمور في الواقع جرت وتطورت على نحو آخر ولمعرفة هذا وأكثر على المرء أن يقرأ التاريخ ليعي الحقيقة.

اعترض غسَّان الشريف فقطع عليه قائلا: ـ لا أعرف عن أي تاريخ يتحدث ضيفكم من نيويورك إنها محاولة بائسة لتلميع العصابات الماسونية التي بنت الولايات المتحدة لأجل خداع المشاهد العربي فها هو جورج واشنطن في مطلع القرن التاسع عشر يحتفل ببناء نصب وطني ماسوني بولاية فيرجينيا وجرى تشييده اعتمادًا على الوصف لمنارة الإسكندرية القديمة إنهم عصابات سرية ملحدة سيدتي تعمل في الدهاليز على سرقة مقدرات الشعوب مرتدية ثوب الكمال والمثالية.

وعلى جانبٍ آخر بالنادي الصيني، وفي أثناء ما كان يحدث على الهواء مباشرةً كان يحيى يبدو عليه القلق نوعًا ما حين قال:ـ يقولون إن الماسونية لا تتعاطى السياسة أو الأمور الدينية فالماسوني الحر يربأ بنفسه عن الجدال في تلك الأمور. أجابته كارمن وقد أمسكت بآنا التي بدت ثملة قائلة:ـ مع ذلك فإنه بمقدور أي فرد ماسوني تُثبَت كفاءته أن يصل ليكون نائبًا أو وزيرًا أو حتى رئيس دولة معين. تعجب يحيى وقال :

ـ تبدو الماسونية دينًا تُعبد فيه المصالح من دون الله.

فقالت كارمن: ـ إن التحدي الحقيقي للماسونيين هو أنه إذا كان من السهل إثبات من أنت؟ فإنه من الصعب إثبات من ليس أنت؟ والتحدي الأكبر الذي يواجه غير الماسونيين هو أنهم لا يعرفون من هم الماسونيون ولا من ليسوا ماسونيين لكَ أن تتخيل هذا.

قالت آنا بتراخٍ بعد أن احتست جرعة كبيرة من الجعة: ـ أذكر مما قاله لي صديقي إن كثيرًا من ضباط جهاز الآداب كانوا يلتقون بتجار الدعارة في محافلهم ما يعني أنهم متغلغلين في كل هذا الفساد بيد أن الأمر لم يقتصر على شرطة الآداب وحدها بل امتد إلى غيرها من فروع الشرطة حتى الشرطة الدولية.

أومأت كارمن بنوع من السخرية قائلة :ـ الأمر ليس بتلك البساطة إن بعضهم يقول إنه ماسوني سابق لكنني لا أعتقد بأن ثمة شيئًا بهذا المعنى فحين تقطع على نفسك هذا العهد فأنت ملتزم به حتى الممات. فهمست بأذنها قائلة: ـ ولكنني أثق بذاك الصديق وأظن بأنني الوحيدة في العالم التي لا يمكنه خداعها.

قال يحيى وقد عاد إلى بعض طَيْشِه: ـ آنا يجب أن تشاهدي الفيلم الوثائقي الذي أعددتُهُ أشرتُ فيه إلى ممارسات شاذة مثل اختطاف الأطفال والإعتداء عليهم جنسيًا كنوع من القرابين لبعض المحافل وتتولى عصابات توريدهم حول العالم عبر ما يتخيل البعض بأنها شبكة أنفاق متصلة بقواعد أمريكية ومحافل أخرى تحت الأرض يلتقون فيها مع رؤسائهم ويتصلون بها مع الشياطين.

علَّقت كارمن قائلة: ـ لربما مصادفة ما تذكره ديانات العهد الجديد من أن الأهرامات التي توجد بعدة أماكن في العالم وعلى رأسها أهرامات الجيزة ما هي إلا مداخل للعالم السفلي.

ـ الأمر ليس مصادفةً كما تظنان ما قاله يحيى هو طقسٌ من طقوس القابالا فيه يُتَطَلَّب قرابين بشرية كثيرة لذا ترتبط مع ظهور حروب خطيرة أو جوائح فتاكة يمتلكون علاجها ويتحكمون بها متى وكيفما شاؤوا.

قالتها آنا بصوت خافت بينما تطلب من النادل إحضار مزيد من الجعة وأردفت قائلة: ـ وليس من المستغرب إذًا أن نقول بأن احتلال أفغانستان جاء بأمر مباشر في أحد المحافل من الرئيس الأعظم. ضحكت كارمن ضحكةً وجلة، بينما تقول: ـ وربما كذلك مع غارات كالتي تحدث بغزة وأيضًا مع هجمات إرهابية كبيرة وانفجارات تودي بأرواح الآلاف من الأبرياء وذلك في كل مرة تحدث المجازر يكون قد فُتِحت بوابات نجمية مع العالم السفلي أو الأبعاد الأخرى التي بها شياطينهم.

***

أمام الكاميرات قال سام منفعلًا: ـ هذا غير مقبول نهائيًا لقد تعمد ضيفكِ اللبناني قطع سياق حديثي عمدا للتشويش على فكرتي وإبراز رأيه على أنه الصواب وإنه بذلك يعيدنا كثيرًا إلى عصور الظلام حيث لم تكن هنالك سوى وجهة نظر واحدة. فعادت المذيعة إلى غسّان الشريف وقالت:ـ لماذا برأيك يروج البعض لفكرة أن الماسونية ما هي إلا وجه آخر للصهيونية وأن تعاليمها ورموزها يهودية بالأساس وتسعى للسيطرة على العالم؟ فأجابها قائلا :ـ هي ليست افتراضات سيدتي بقدر ما هي عليه حقيقتها بالنسبة إليَّ فإن السيد مردوخ في حقيقة الأمر يتبع لمحفل الشرق الأعظم الروسي وفقًا لبعض المعطيات ووفق معطيات أخرى فقد طُرد منه لاشتباه في أعمال احتيال من وراء شركة وهمية تطلق موقعًا إلكترونيًا يستدرج ضحاياه في البلدان التي ترزح تحت وطأة الفقر والحروب وتقوم على التواصل مع حسابات عشوائية تخبر أصحابها بأنه وقع اختيارهم في قرعة لربح شيك مالي ضخم عبارة عن تبرع من رجل أعمال يرغب في مساعدة المجتمعات ثم يبدؤون

باستدراجهم للحصول على معلوماتهم البنكية وهو إلى جانب كونه ماسونيًا فهو من أصول يهودية وهو بذلك الفكر الصهيوني الماكر يريد أن ينسلخ من حقيقته ليطل علينا وقد استبدل وجهه بآخر ملائكي مدعيًا الحكمة مُبرِّئًا ساحته ونافيًا التهم الملتصقة بالإسرائيليين من ذوي الأصول الروسية لصلتهم في تأجيج الصراعات الطائفية في لبنان وغيره من الدول العربية.

غضبت المذيعة وقالت: ـ لا لا سيد الشريف لن أسمح لكَ بإهانة ضيفي والتشهير به احترم المتابع الذي يشاهدنا الآن هذه ليست منصة للعراك أمام الشاشات من فضلك دقيقة وإلا سنقطع عنكَ الصوت اسمعني لقد أعطيتكَ أكثر من وقتك وفي المرة الأولى تعمَّدتَ مقاطعة السيد رودريغز دون أي واعز داخلي لاحترام قواعد الحوار ثم الآن تقاطع السيد مردوخ وتستغل وجودك بشاشتنا لتكيل إليه الاتهامات جزافًا هذا غير مقبول إطلاقًا في هذا البرنامج أعتذر منك فقد قفزت على دورك ولم يعد لدينا متسعٌ لنضيع وقت المشاهد في أحاديث جانبية أتوجه هنا قبل أن ينتهي الوقت بسؤالي التالي إلى السيد رودريغز فكيف تسنى للمحافل الماسونية برأيك أن تستقطب أفئدة الملايين في أوروبا والعالم؟ ثم توجهت إلى الكاميرات قائلة:

ـ لكن قبل أن نعرف الإجابة من السيد رودريغز دعونا نتابع هذا التقرير ونعود.

وأثناء عرض التقرير، صاح غسَّان قائلًا: ـ إنني أحترم الحوار لكن من الواضح أن السيد مردوخ لا يدع فرصةً إلّا وأقتنصها للكذب على الجمهور وأنا هنا كي أرد عليه. غضب مكسيم لذلك فقال متجهمًا: ـ أرى من الأفضل لك أن تتوقف أنت عن خداعك للمشاهد العربي بدلًا من تأجيج الخلاف وأنا لا ينبغي لي أن أستعمل طريقتك الوقحة نفسها لأفضح حقيقتك.

همس سام إلى المذيعة وقال: ـ هذه طريقة غير مناسبة لي إنهما يعملان على إفساد الحوار متعمدين وإذا تكررت الإساءة فإنني لن أنتظر حتى أرد الصاع صاعيْن. وأرادت المذيعة تهدئة الجميع فقالت: ـ أمامنا دقيقة واحدة للعودة إلى الهواء أرجوكم استعدوا وتنحوا الخلافات جانبًا حتى يستفيد متابعونا. ثم أخبرها المخرج عبر سماعة الأذن بأن تستعد، فعادت ببصرها إلى الكاميرا قائلة: ـ إذن عدنا إليكم والآن نستمع إلى رد السيد رودريغز على ما طرحته عليه قبل التقرير سيد رودريغز ما تعليقكَ؟

فأجاب سام قائلًا: ـ حسنًا عند مطلع القرن العشرين شعر الأوربيون أنهم لم يعد لديهم القدرة لتحمل الدماء فلعقود طويلة بات الشيطان يوصم بالعار ويلعَن على كل لسان ويصوَّر على أنه العدو الأبدي للإنسان وعلى العكس بات المتحررون

الذين لم يشغلهم صب اللعنات عليه أكثر سعادة وحرية من غيرهم في حين تفرغوا عوضًا عن ذلك إلى العمل والبناء والإبداع والعلم والتطوير والمستقبل هذا ما لفت إليهم الأنظار وجع الأفئدة حولهم.

في الختام سألت المذيعة غسّان الشريف قائلة: ـ بإيجاز لو تكرمت هل ترغب أن تضيف شيئًا في نهاية الحلقة؟ فأجاب قائلا :ـ أريد القول إن الماسونية في حد ذاتها فكرة شريرة ذات شعارات برّاقة تخفي غرضها الأعلى وهو أن يكونوا امتدادًا للإمبراطورية الرومانية التي شعرت في وقت ما أن تعاليم السيد المسيح باتت خطرًا داهمًا يقوّض ملكهم فلجأوا إلى لملمة شتاتها بادعاء قيامة نظام سياسي يعترف بالمسيحية الحالية كدين جديد كذلك يفعل الصهاينة اليوم في مساعيهم الحثيثة لفرض دين جديد تبدو فكرته سخيفة ويريدون بذلك الخبث أن يضفوا نوعًا من الشرعية على احتلالهم لأرض فلسطين التاريخية.

ثم سألت المذيعة مردوخ إن كان يودُّ أن يختم بأي تعليق، فأجابها قائلًا:ـ أنا أؤمن أن أخلاق الماسونية الحقّة وأصولها الروحية السمحة الهادفة لتحرير الإنسان يمكن أن تخلع عنها رداء السريّة وتخرج للعلن وإني لأقسم بأنه بيدها أن تصنع للعالم دينًا حقًّا يتقبل جميع الأديان والأعراق والأفكار تحت عباءة السلام والمحبة والتسامح لكنها وبكل أسف قد انحرفت عن مسارها المرجو وغدت مجموعة من المحافل المنتشرة بالعالم تتصارع فيما بينها على النفوذ والسلطة والمصالح الشخصية الفردية لا الجماعية فقسّموا العالم إلى معسكرين متناطحين معسكر في الشرق ومعسكر في الغرب وأريد ان أن أوجه رسالة قوية للماسونيين عبر العالم من خلال منبركم ربما فقط تكون أخر كلماتي.

لكنغسّان الشريف قاطعه بغضب شديد وقال: ـ ويمكرون ويمكر الله والله خير الماكرين ألا إن حزب الله هم الغالبون وحزب الشيطان هم الزاهقون سنكون لكم بالمرصاد وسنحرر أراضينا من دنس المحتل الماسوني وسنلقي بأولئك الصهاينة في البحر حيث لن تقوم لهم قائمة. فقاطعه سام بصوتٍ غضوب قائلا :ـ كفَّ عن تلك الشعارات الفارغة سيد الشريف كفَّ عن الدعاية والتحريض على العنف كفَّ عن حديث الكراهية الأهوج الذي يفيض من فمك أنتم ومن خلفكم إيران من تحرضون على القتل ومن تصنعون الإرهاب في المنطقة وبدلًا من أن تحاسبوا أنفسكم تتذرعون بالماسونية وتحملونها كل الشرور.

كان مكسيم مردوخ يواصل كلامه المتدافع بقوة قائلًا: ـ إن الماسونية النبيلة قد انحرفت عن أهدافها في الوقت الذي ما زلنا نرى فيه الدماء تسفك في كثير من أنحاء العالم أمام ناظري الأمم المتحدة دون أي دور حقيقي ملموس لإيقاف الحروب العبثية.

احتال الحوار سجالًا غوغائيًا، وتداخل صوت سام إذ يقول بعصبية مفرطة:ـ ليس صحيحًا هذا ليس صحيحًا سيد الشريف الماسون اتحدوا ووصلوا إلى الفضاء وأنتم تتعثرون في الظلام يا رجل من أين تأتيك كل تلك التصورات العجيبة؟

استمر مكسيم مردوخ على وتيرة واحدة مسترسلًا دون انقطاع وهو يقول: ـ لكننا ما نزال نحلم بعالم يسوده العدل ويختفي منه الضلال تعرف فيه الحقيقة بلا خوف ويتساوى فيه البشر دون أي تمييز إلى متى يخدعون العالم وهم يسوقونه إلى التهلكة؟ كم من العمر يتبقى حتى نظل صامتين؟ كم نحتاج من الوقت حتى نتحرك قبل أن تغرق نيويورك ومعها سفينة الحضارة الإنسانية الحديثة كما غرقت هِرَقُليون ومعها أعظم حضارتين عرفهما البشر!

هاجمه سام مجددًا حين قال :ـ أنت تهرطق يا رجل وتدعي الحكمة أمريكا لا يمكن لها أن تغرق لأنها قائمة على العدل والمساواة وحقوق الإنسان وهي قيم ستخلد في التاريخ إنك مرتد مارق تثير خزعبلات لا أصل لها سوى في عقلكَ أنت. لكن مردوخ ما انفك يقول ناصحًا: ـ يا جميع الإخوة المتنورين والعارفين يجب أن تتحدوا للبدء سريعًا وبدون انتظار لإستعادة البوصلة عليكم مواجهة أولئك الشرذمة الفسدة المارقين أخلاقيًّا والمنسلخين من القيم إنني من هنا أدعو كل اليهود العقلاء وكل المسلمين والمسيحيين المؤمنين وغير المؤمنين في كل الدوائر الماسونية بأن يقفوا في وجه أولئك الفسدة لإنقاذ البشرية من الغرق القريب. بينما كان غسَّان الشريف يهاجمهما قائلًا: ـ هؤلاء اليهود الذين يتحدث سيد مردوخ باسمهم ينظرون إلى أنفسهم على أنهم جنس سام أعلى من كل البشر بل إن أرواحهم تتمايز عن باقي الأرواح بأنها جزء من الله وقبلها قالوا عن المسيح إنه مدع دجال وأنه ليس معلمًا للبشرية وغير ذلك من الادعاءات فأي بجاحة عنصرية عفنة تلك التي يؤمن بها سيد مردوخ وأي عقيدة سرية وحشية تلك التي يدافع عنها سيد رودريغز.

انخرط سام في هجومه على مردوخ قائلًا:ـ علينا أن نعترف بأن الماسونية فكرة والفكرة لا تموت فلتتوقف عن الجلبة التي لا تفيد. في حين كان مردوخ يتابع كلامه قائلًا:ـ أرجوكم يا ماسون العالم أترجاكم بكل القيم السامية أن تتحدوا لاستعادة بوصلتكم من حفنة رجال متنفذين يظنون أنه بإمكانهم أن يصيروا آلهة على الأرض يحددون للشعوب مصائرها الآن عليكم أن تفيقوا من غفلتكم قبل أن تهلكوا جميعًا على يد مثلث الشر وضلوعه من يحكمون روسيا وأمريكا وإسرائيل. وفي خلال كلامه تداخل سام بقوله:ـ إن الماسونية في حد ذاتها فكرة رائعة ومحترمة هدفها الفعلي هو الارتقاء بالشعوب والدفاع عن حرية الإنسان وحقوقه أينما وجد وأينما كان دون تعصب. في حين كان مكسيم مردوخ يواصل قائلًا:ـ إنكم

إن سمحتم لهم أن ينالوا أحلامهم بجعل إسرائيل هيكلًا إمبراطوريًا للعصر الجديد من خلال تقزيم دور أمريكا عالميًا سياسيًا واقتصاديًا وبكل السعي الحثيث لضم الضفة الغربية ونسف حل الدولتين فإن الدمار والخراب حتمًا سيحل على الأرض وأكاد أرى العالم يتصدع كما أراكم الآن.

سارع سام بمهاجمته وقد استشرى غضبًا إذ قال :ـ أنت تكذب وتصر على الكذب والدجل سيد مردوخ أنت لا يجوز لكَ أن تكون ماسونيًا صالحًا أنت حنثت العهد الذي أقسمت. فواصل ملوحًا بيده في ارتعاشة مرض باركنسون إذ يقول: ـ إن هؤلاء هم أعداؤكم الحقيقيون لأنهم لا يبغون سوى خدمة مصالحهم وينظرون إليكم باعتباركم رعاعًا وعبيدًا أجدر بكم خدمتهم والحرص على رفاهتهم. تداخل صوت غسَّان الشريف معهم وهو يتصارع بالقول مهددًا: ـ ستذهبون إلى الجحيم بينما نحن نحرر الأقصى. كان صراخ مردوخ أسرع وتيرة وأشد تأثيرًا، فانبرى دفاعًا عن مبدئه وهو يقول :ـ العالم بات مرتعًا للفساد وتضارب المصالح والتصارع على حقول النفط والغاز وصفقات السلاح وتنافس الشركات وغسيل الأموال وطرق الكسب غير المشروعة العالم لا بد له أن يخرج من النظام المالي المصرفي قبل أن تنفجر فقاعة الاقتصاد العالمي المترنح ليس ثمة مخرج أو آلية إنقاذ كما حدث في ثلاثينات القرن الماضي الاقتصاد سيهبط بنسبة ثلاثين بالمائة في الواقع حتى أنه من بين مائة مصرف سيبقى عشرة فقط وقبل فوات الأوان لا بد من الإقلاع عن فكرة أن أمريكا يجب أن تتحكم لأنها تقودنا جميعا نحو الغرق يا سادة مخيرين غير مجبرين سيغرق جميعنا وستنهار بورصة نيويورك حيث أنت سيد رودريغز.

لم يهدأ سام، فاستمر في هجومه الحاد قائلًا :ـ بأي علم لديك تتحدث أنت عن الاقتصاد والعالم أنتَ لستَ خبيرًا اقتصاديًا يا رجل كي تفترض نظريات بائسة مثلك.

انقطع الصوت عن الضيوف وتوقفت العاصفة، لكن مردوخ استمر في تحذيراته التي لم يجد لها منصتًا إذ يقول :ـ وأقسم لكم بالقدير أنه قد وصلتني معلومات مؤكدة لخطة العقد الجديد تُحاك تحت الأرض فيها خطر داهم على البشرية وربما سيسارعون بتنفيذها هذا العام دون أي هوادة وبناءَ على ذلك فإنني أحذركم باسم الإنسانية إن هؤلاء ثلة من اللصوص سيدمرون بغباء كل ما بذله السلف الحكيم لإحياء مملكة سليمان على الأرض المقدسة وإنهم يقودون البشرية إلى مصيرها المحتوم وإنما الوعد الحق لآت وأنتم إذ تغرقون لن يجدي الندم.

وفي وقتٍ متقدم عندما بدأ ثلاثتهم يتناوشون بحدة في حديثهم أمام الشاشات، كلٌّ يسترسل في كلامه بسرعة جارفة دون توقف، حتى أن أحدهم ما كان بإمكانه

أن يسمع ما يقوله الآخر، عندئذ وفي تلك اللحظة من اللغط تأسفت المذيعة على ما آل إليه الحوار، واعتذرت للمشاهدين في حين اضطُرت لقطع الصوت على ضيوفها، لكن ألسنتهم ظلت تتلاعب عبر تتر النهاية.

الفصل الرابع

حلَّت الساعة الثانية عشرة صباحًا عندما كان سام على موعد مع طاولة بوكر مهمة بالنسبة إليه، فاللعبة هذه المرة لا تبدو كسابقاتها؛ ذلك أنه كان شغوفًا بكيفية مقارعة خصمه اللدود والفوز عليه. إنه السيد يانغ تسو رجل الأعمال الصيني الذي يدير إحدى كبريات شركات الملاحة بالعالم، ذلك بخلاف نفوذه الحاد في الحزبين الجمهوري والديمقراطي على حدٍّ سواء. ربما ذلك ما أتاح له أن يمتلك رتبة عليا تضاهي رتبة سام الذي أصبحت سطوته أقوى من ذي قبل، حتى أنه بإمكانه أن يفكر في الترشح لانتخابات الرئاسة الأمريكية. الخصمان اللدودان يتنافسان على المرتبة الثلاثين من الدرجة العليا، والفائز في تلك الجولة تنفتح له بوابات نجمية تنقله لعالم المجد والشهرة. ومن يسيطر على التاريخ يكن من السهل عليه أن يقود كل الشعوب التائهة والخائفة أمامه، بل ويستعبدهم لخالص مصالحه ونفوذه. وربما أن سام يعوِّل كثيرًا على الحظ الوفير الذي وهبته له تلك القلادة، والذكي من بإمكانه استغلال الإشارات أعظم استغلال، ويعرف كيف يستقطب نجمه ليسطع في كل أنحاء الأرض.

كان سام يحمل حقيبة يد بنية بحافاتٍ ذهبية، صممت لأجله خصيصًا من جلد الهِرَرة، وقد انتبه يحيى لها فهي التي لطالما اعتاد على حملها، وأشار لكارمن عليها فاستنبطت ما يفكر به من أن القلادة يحتمل أن تكون معه بتلك الحقيبة.

ـ آنا انتبهي معي ألا تذكرين الحقيبة التي كان يحملها سام معه عندما كان برفقتنا؟

قالتها كارمن بينما تجذب آنا من كتفها بقوة. كانت آنا ثملة بشدة فأجابتها بتراخ قائلة :ـ بلى إنها تلك الحقيبة التي يحملها معه الآن. تنهدت كارمن قائلة ـ أشعرُ أنه بإمكاننا الوصول إليها. ثار يحيى قائلًا :ـ هذا جنون أما ترين الكاميرات والحراسات المشددة بكل مكان؟ حتى وإن استطعنا أن نغامر ونجتاز كل ذلك فكيف سنعثر على مفتاح الحقيبة الخاص بها؟ أجابت آنا بابتسامة وهي تقطع في كلامها قائلة :ـ المفتاح؟ لعله في جيبه. انفعلت كارمن قائلة: ـ هل تمزحين وما يدرينا أنه بجيبه إذن؟ فأجابتها بزهو قائلة :ـ اتركوا لي ذلك.

***

في مذكراته كتب مكسيم مردوخ يقول :ـ بالنسبة لي كان مكانًا مقيتًا أُفضلُ تجنُّبه، وكمراسل شاب بوكالة موسكو تايمز في منتصف التسعينيات تعرضتُ للضرب هناك من قبل مراهقين مخمورين. كانت حديقة جوركي هي المكان الذي كان سكان موسكو الفقراء يأخذون فيه مواعدات رخيصة، وهي دومًا متوهجة بألعاب

كرنفالية مشعة، وموسيقى البوب الصاخبة، ووجبات الكباب باهظة الثمن. وكانت عصابة وولفز الليلية لسائقي الدراجات البخارية، الذين يبدون كملائكة الجحيم قد حلّوا ذات يوم في أعماق الحديقة، بينما كنتُ أسير ليلًا وحيدًا. كان عليك أن تدفع ثمن الدخول رغم أنها واحدة من المساحات العامة القليلة في العاصمة. كانت الحديقة المكان المفضل للعائلات البروليتارية من أجل الحصول على قسطٍ من التسلية في زمن الاتحاد السوفييتي، حيث يأكلون الأيس كريم الرديء على أنغام الأغاني الحماسية العسكرية، ثم بالطبع كانت هناك أغنية العقارب الشهيرة. ما زلت أتذكر كلماتها الثورية التي تقول:

ـ اتبع موسكوفا العظيمة إلى الأسفل حيث حديقة جوركي استمع لرياح التغيير.

ولكن رياح التغيير عادت إليها هذا الصيف من أرض خربة هالكة من خرسانة منكسرة إلى مرحلة ما بعد العصر السوفييتي حيث أصبح المتنزه متصلًا بالواي فاي المجاني بكل أركانها تقريبًا. وبات مممكنا ركوب الدراجات وتناول المشروبات الوطنية غير الكحولية التي تجذب أشعة أواخر الصيف. وقد وَلَّت جولات كرنفال التحدي المسماة بالصحة والسلامة، ثم حلت محلها حدائق الورود والنافورات الراقصة. المروج نُثِرَت خلالها كراسي عملاقة من القماش المنفوخ مصممة للاسترخاء مع كمبيوتر محمول وبعض الفشار. وبدلًا من أكشاك التسعينيات وضعت الإدارة نسخًا خشبية من إنتاج الثلاثينيات لأكشاك صغيرة تبيع عصائر وسندوتشات لكن ليس هنالك فودكا. ضفاف نهر موسكو الذي يمتد لثلاثة أميال على طول أحد جوانبه بات يوجد به شاطئ حضري مصمم على طراز خاص كأنه لوحة من جانب لنهر السين بباريس. كنت أفكر حين رأيت كل هذا وأقول:

ـ ربما تكون روسيا قد أصيبت بطلق ناري في طريقها للتحول إلى دولة حديثة متحضرة بدلًا من كونها دولة تشبه نيجيريا بطراز الثلوج.

واسمحوا لي أن أشرح مفاجأتي، فعلى مدى عقد ونصف عقد منصرميّن تحولت موسكو إلى ما هو أبعد من ذلك بفعل تسونامي أموال النفط والغاز. وسط المدينة السياحي التاريخي منخفض الارتفاع قد صار مزروعًا بمناطق سكنية جديدة واسعة، حيث تم هدم وإعادة بناء عشرات الآلاف من المباني القديمة الجميلة، كل ذلك بمباركة السيد لازكوف. إنه الرجل الذي تربَّع على كرسي عمدية موسكو زهاء الثمانية عشر عامًا، ويكفي القول إن زوجته البليارديرة لم تكن تشعر بالحرج من كونها أغنى سيدة بروسيا. لكن على الرغم من كل الأموال التي تتدفق إلى خزينة المدينة، سواء بشكل رسمي أو غير رسمي، لم يذهب أي منها إلى خلق المزيد من الأماكن العامة الأفضل، وفضلًا عن ذلك كانت تبذل كل ما بوسعها

لتقليص الحيز المخصص للجمهور، وركن مكتبات الأطفال، ومدارس الموسيقى، ونوادي المتقاعدين المبنية في زمن الحقبة السوفيتية وبيعها. حتى أنه كان من المستحيل السير في الشارع بينما السائقون يركنون إلى الأرصفة.

وفي مدينة السيد لازكوف كان من الضروري شراء الجمال والمساحة والمتعة وليس منحهم مجانًا، وعوضًا عن الرقعات المُسيَّجة والمحميات الخضراء التي تدر الأموال، تفتَّقت بنات أفكار رئيس البلدية الجديد بتحويلها لمنطقة عامة بلا أي طموح آخر سوى تحسين نوعية المواطن الموسكوفي. ولا شك أن هذا يأتي مصحوبًا بقدر من الحذر، ولعل مهرجان سبتمبر للأطعمة الذي ينعقد بحديقة جوركي مثالًا نموذجيًا على ذلك التحول. أزيدُ من عشرة آلاف موسكوفي إلى جانب الأغنياء فاحشي الثراء تجمعوا لاجتراع البيرة المحلية وصدور البط المدخنة وتناول الجبن الروسي المميز متعدد المذاق. المهرجان كان واضحًا أنه يهتم بالجودة أكثر من الكم، بكيفية فعل أشياء جيدة وبسيطة للتعرف على ثقافات الطعام المختلفة بالعالم، حيث لم تعد مضطرًا لأن تكون من أقلية رجال الأعمال حتى يتسنى لك الاستمتاع بأقل الأشياء متعة بالحياة، وفي وقتٍ لاحق لم يعد الأثرياء وحدهم من لديهم حديقة ضخمة في موسكو غاية في البهاء والروعة كحديقة جوركي.

إن مكسيم المريض بالسكَّري ذا الوجه النحيف إلى حدٍّ ما، وشعر الشوارب الأشيب الناعم الكثّ كان يمضي وقتًا طويلًا بين الكتب خارج فترات عمله بالمكتبة الوطنية المجاورة لمبنى الكرملين، وكنيسة سانت باسيل التاريخية بوسط المدينة. كانت الساعة التاسعة مساءً، بتوقيت موسكو عندما أنهى الحوار التليفزيون، فطوى حاسوبه الشخصي، بينما اهتز هاتفه هزة بسيطة أمامه على الطاولة. تناول الهاتف حتى أضاءه، ثم مر سريعًا دون أن يلقي بالًا على رسالة نصية مشفرة. الرسالة كانت عادية للغاية، ربما لا أحد يمكنه إدراك مغزاها سواه.

ـ الآن يجب أن أرحل.

قالها في سره، وعاد إلى مكتبه يلملم أوراقه ويحفظ حاسوبه في مكان ما، وقبل ذلك كان قد انتهى من حجز سيارة أجرة عبر تطبيق ياندكس. ثقيل الرأس ترك حقيبته ووضع هاتفه في جيبه، ثم أغلقه بمفاتيح خاصة بعهدته ونزل على الفور. لم ينتظر طويلًا أمام مبنى المكتبة، فقد سبقه إلى الوصول سائق التطبيق. وبينما يهبط درجا تلقى مكالمة هاتفية من السائق، فألقى وداعًا ودودًا بيده إلى حارس المكتبة، ثم اندفع بسلاسة إلى داخل السيارة تاركا سيارته الخاصة بالجراج.

ـ جوركي سنترال بارك على نهر موسكوفا أليس كذلك يا رجل؟

قالها السائق وهو يمضِّغ العلكة ببلاهة. فلم يجبه واكتفى بإيماءة خفيفة، فداس على البنزين بقوة وانطلق. اقتربت الساعة من العاشرة مساءً عندما وصل إلى البوابة ذات العمدان الشاهقة التي تشبه أعمدة المعابد المصرية القديمة. نظر السائق في التطبيق عبر شاشة السيارة وأخبره بثمن التوصيلة المحددة. دفع إليه بمائتي وخمسين روبلًا، فأخذ يفرك الورقات الثلاث الحديثة، مُصدِرًا صوت حفيف أوراق شجر في الخريف، بينما يضحك في غبطة قائلًا:

ـ إنه من دواعي سروري أن أقابل رجلًا سخيًّا مثلك طابت ليلتك.

هائمٌ على وجهه بلا هدف، سار إلى داخل الحديقة مطأطأ الرأس، مُنكَّس الفؤاد، وكأن الدنيا كلها قد صارت حفنة رماد أمام ناظريه. عبر البوابة واستكمل الطريق بداخل الحديقة إلى مقعد خشبي، أمام بحيرة متواضعة في مطلعها. جلس وحيدًا شاردًا بينما يسلِّم صفحة وجهه للبحيرة وحيث بوابة الحديقة التاريخية في مقابله على نحو قريب.

ـ كم هي سخيفة تلك الحياة.

قالها مردوخ لنفسه بينما كان يشعر بأن سكر دمه ينخفض، ولم تمض دقائق حتى قطع رجلٌ صمته وشروده بطرقات ثلاث مباغتة من الخلف على كتفه لم ينخض لها البتة كأنما كان يتوقع حدوثها. اعتدل في جِلسته في حين جلس الرجل العريض ذو البذلة الأنيقة إلى يمينه في صمت مريع. ردَّ مكسيم ظهره إلى المقعد عاقدًا بأصابع يديه، لحظات وترك الرجل بينهما قصاصة ورق، مدَّ يده فتناولها، وقرأها بسرعة ثم كرمشها وألقى بها إلى سلة قمامة مسنودة على عمود إضاءة بامتداد يده. كان بالقصاصة خريطة صغيرة مكتوب عليها بعض الشروحات المختصرة. هز رأسه في حيرة متجنبًا النظر للرجل، وقال بصوت شاحب خفيض :

ـ بَاڼْيَاثْنَا. (مفهوم)

بلا أدنى اهتمام أو مبالاة ظل حائرًا غارقًا في تأمله. وبعد خمس دقائق نهض الرجل بينما يقول: ـ لا تنس أن تأخذهما في الوقت المحدد لك. ثم ارتجل نحو بوابة الحديقة. ظل يتبعه بنظراتٍ بالية منهارة وكأن أحشاءه تتمزق بداخله. نصف ساعة أخرى من التأمل موارِبًا جفنيه عن هذا العالم الفظ المتهاوي. بعدها نظر في ساعة يده، ثم التقط الكبسولتين الموضوعتين إلى جانبه، ثم قذف بهما في جوفه مباشرة. انتظر قليلًا حتى قام، ومضى خارجًا إلى محطة مترو أكتوبر على مسافة أقدام يسيرة من الحديقة العامة.

كان يشعر أن روحه تنساب بلطف بين ضلوعه، كما لو أنها صارت حرة لأول مرة. إنه شعور لا مثيل له كأن جسده استحال طائرة ورقية ترتفع بعيدًا

عن الأرض وتعلو بحنو وسلام. ربما لو تأخر دقائق قليلة لاصطدم وجهه ببوابة المحطة الموصدة، حيث عقارب الساعة تشارف على الثانية عشرة صباحًا. دخل إليها وعبر سير التفتيش قاطعًا أخر تذكرة مترو قبل الإغلاق. نظر إلى تذكرته وابتسم بحزن دفين لمعت له عيناه الصغيرتان البنيتان المتلألئتان، ثم أزلقها في أقرب سلة. وكأنه ينتظر هذه اللحظة الدرامية التي يتخلى فيها جسده عن نفسه إلى الأبد، ربما ستكون أسعد لحظة بحياته، وربما لن يكون لها أي شعور. كانت أخر عربة مترو في طريقها للرسو أمام المحطة. ظلت تُصفِّر لعدة ثوان بينما بقي متجمدًا أمام باب العربة الذي انفتح على مصراعيه وكأنه يستحلفه أن يصعد إليه. دوَّت أصوات السائق عبر المذياع وهو ينادي على اسم المحطة الأخيرة قبل الإقلاع. قفز ثمة أشخاص قلائل إلى داخلها ثم انغلق فمها وطارت بعيدًا. هدأت بعض أضواء الكشافات وبدا كل شيء يسير على ما يرام. جثا مكسيم على ركبتيه، وقفز إلى نفق المترو. سار عدة خطوات متأنية محسوبة بداخله حتى اختار مكانا ملائما. ما زالت كلمات الأستاذ تهمس في أذنيه:

ـ وإذا حاولت التراجع في يوم من الأيام ينشد هذا الحبل حول رقبتك من وراء فتكون أنت قاتل نفسك بنفسك.

التفت إلى طوبتين عاليتين متطابقتين فوق بعضهما البعض في مكان ما بالقرب من غرفة الكهرباء، فتذكَّر الإشارة. أخرج الرباط السميك البالغ طوله قرابة المتر من بطانة بذلته، ثم ارتفع عليهما وعقد طرف حبل بماسورة حديدية ممتدة عرضيًا أعلى منه، بينما انعقد الطرف الآخر على هيئة دائرة. أسقط الحلقة التي صنعها حول رقبته، ثم أغلق عليها بعزم وهمة. نظر إلى الظلام الحالك إلا من بعض نذر يسير من شعاع متسرِّب من بعيد، واتسع ثغره ليطلق في العالم الراحل ضحكته الأخيرة، بينما يزيح الطوبتين بقوة بعيدًا عن قدميه. لم ينتظر مفعول الكبسولتين حتى ينخفض سكر دمه إلى مستويات دنيا تغرقه في غيبوبة تامة، فقد ذهب بيده إلى الموت دون أن يُجبر عليه،

في السطور الأخير من مذكراته، تذكَّر مكسيم ما كتب:ـ علمني والدي أن الرجل المستعد للتضحية بحياته هو الأجدر بالمبادرة فساقتني الشجاعة والجرأة إلى الغوص بحثًا عن الحقيقة أعترف أخطأت عندما نظرت للعالم بعيني أنا فقط. رأيته يستحق المثالية والكمال تخيلت أن كل هدف في حياتي بات أقرب للواقع تمنيت لو يسير الكون كما أرغب له أن يمضي حيث السلام والتآخي والحرية والمساواة لن تُعَدّ ثمة شعارات كما في الماضي بل تحدو بنا بخطوات سريعة نحو التحقيق لكني أزعم أنني قد بالغت كثيرًا في ذلك عندما تيقنت أنهم ليسوا سوى حفنة من الأشرار يبغون السيطرة على العالم بأية وسيلة أدركتُ أن الحياة ليست سوى

مكان غير مريح للعيش بل لا ينبغي لها أن تكون كذلك إن رحلة البحث عن الحق شاقة وشائكة لكنَّ ثمة طريق طريقًا يمكنكم الاسترشاد به إلى الحقيقة ذلك أنه إذا ما وجدتم هنالك حربًا ضروسًا ضد فكرة ما أو كلمة بعينها يمكنكم الظن بأنه ربما تحوي بداخلها شيئًا من الحق أو الحقيقة لأنه لا وجود لدخان بدون نار ولا ينبغي للحق ألا يجابه بالتشكيك والإنكار.

تدلى لسانه خارجًا من جوفه، بينما صوت حانٍ يهدر من الأفق يقول له:

ـ ليس هنالك ثمة لم يعد هنالك ما يخيفك كل شيء سيمر بلطف كل شيء قد انتهى.

***

صعدتُ آنا إلى الطابق الثالث، واجتازت المكتب الرئيس في الممر. وصلتُ إلى قاعة كبيرة لكبار الزوار يقف عليها حارسان أسودان ضخمان، وكان الباب منفتحًا حينما شاهدت المنظر بداخلها. كان سام يجلس على رأس طاولة يلتف حولها لفيف من الرجال المرموقين إلى جانب كثير من الفتيات اللواتي يلبين إحتياجاتهم. تجاوزت الباب وعبرته لغرفة المطبخ وإلى جوارها غرفة أخرى لطاقم الإستوردات العاملين بالنادي. ثم تناولت في خلسة بعض ملابس الفتيات المراهقات اللائي يعملن به وارتدته. كانت شبه عارية حين دخلت بهدوء إلى المطبخ وتناولت صنية كبيرة ورصَّت عليها بعض زجاجات الخمر وعدة أكواب بها كثير من الثلج، وانسابت بين حراس القاعة دون أن يشعر بها أحد. توقفت عبر القاعة أمام مقعد سام، وتهدَّلت قليلًا إلى الأسفل بينما تميل إلى الطاولة لتفرغ له بعض فودكا في ما أمامه من كأس. ثم تمايلت بدلال إليه وهو يرفع كأسه بتباهٍ بيده اليمنى قائلًا :ـ بصحتكم يا رفاق.

ووقتما اختفت فيه يده اليسرى التي امتدت إلى ظهرها وسالت حتى مؤخرتها ابتسمت آنا بنفور وقالت: ـ هل ترغب بشيء سيدي؟ فتضاحك سام بشدة قائلًا: ـ نعم هو كذلك ولم لا؟ وظلت واقفة إلى ورائه بينما هو مستغرق في اللعب، ثم راحت تضعضع كتفيه برفق ما جعله يبدو منسجمًا ومرتاحًا إلى أبعد حد. تمددت يدها إلى صدره بخفة؛ فالتقطت من سترته دون أن يشعر سلسلة مفاتيح معها بطاقة ذكية.

في الأثناء مال أحد الحراس إلى سام قائلًا: ـ تهانينا لك سيدي لقد انتهى كل شيء.

وكان خبر انتحار مكسيم مردوخ قد انتشر في روسيا عندما طلع النهار كالنار في الهشيم. دبَّ سام الكأس بغلظة على الطاولة في نشوة نصرٍ مفرطة، حتى أن الجميع لاحظ انتشاءه هذا المفاجئ؛ فراح يانغ تسو يسأله بغيرة قائلا : ـ يبدو أنه

وصلتك أخبارٌ جيدة من السيد الأعظم انفرجت لها أساريرك فهل لديك ما يُبَشِّر لتخبرنا به؟ تجشأ سام وقال :ـ يمكنني القول إنه عليك التمتع بروح رياضية هذه الليلة عندما أسحقك أيها الوغد الصيني الأرعن ذو العينين الضيقتين.

استأذنت آنا لتحضر مزيد من الفودكا، بينما تشبث سام بخصرها قائلًا:

ـ يا لكِ من فتاة حسنة الطالع إنني متفائلٌ بك الليلة ولا بد من سهرة تجمعنا في ساعة متأخرة فما رأيك؟

تلجلجت آنا قليلًا، لكنها قالت أخيرًا بينما هي تستعد للانصراف:ـ هذا شرف عظيم لي.

وخرجت على الفور. ثم عبرت الممر للأسفل مهرولة وهي تلهث إلى كارمن ويحيى الذين كانا يقفان أمام البار. أخذتهما جانبا وأظهرت لهما البطاقة وقالت:

ـ يمكنك تجربة هذه بينما أقوم بإلهاء الحراس.

ثم أردفت وهي تشدّد قائلة:

ـ ولكن احترسي عليك الإسراع بفتح باب المكتب قبل أن تدرككِ الكاميرات المتفرقة بالممر.

على رأس الطاولة كان سام يجلس منتشيًا بالحظ الجيد، في حين يجترع كميات كبيرة إضافية من الكحول. أمامه مباشرة جلس غريمه اللدود يانغ تسو، وعلى يساره كان هنالك هاري جونز وهو رجل أعمال بريطاني بارز لكن اسمه اليوم لم يعد يعني الكثير. لقد كان فيما سبق رئيسًا لأكبر مصرف أهلي في المملكة المتحدة، إلى جانب شبكة من المصارف البنكية حول العالم، وصار مديونًا بأكثر من مليار جنيه إسترليني، فكان على وشك السجن لأربع سنوات؛ بتهمة التستر على أكبر عملية غسيل أموال مصدرها عصابات مكسيكية، وشركات إيرانية. وعلى الجانب الأيمن جلس جوليو مورو وهو من كبار زعماء المافيا ورئيس منظمة كوزانوستا الإيطالية، التي كانت لها علاقة وطيدة مع الحركة الانفصالية الشوفيينية في الشمال الأكثر تقدمًا ونهضة صناعية، هذا بخلاف صفقات سلاح مخابراتية كبرى تعمل على تأجيج الصراعات في سوريا واليمن وليبيا وغيرهم. إنه الآن يقضي حياته وحيدًا بعيدًا عن أسرته في الولايات المتحدة بعيدًا عن أعين شرطة مكافحة المافيا الإيطالية التي تلاحقه منذ انكشاف أمر علاقاته القوية مع مسئولين كبار بالحكومة ثبتت علاقتهم بمورو.

في الجولة الأولى تساوت يد البوكر في القوة لكل من سام ويانغ تسو؛ لذا تقاسما الجائزة معًا. بدأت جولة جديدة من اللعب، فكان دور جوليو مورو هو الديلر المكلف بخلط الأوراق وبدأ اللعب.

ـ لقد كنت شرطيًا حاذقًا بوحدة مكافحة المافيا الإيطالية واشتركت في عرقلة العدالة والرشوة والتعذيب وغيره كي يرى ضباط التحقيقات الجنائية أنني كفء لمز املتهم وهو ما حققته بعد وقت قصير لكن ارتكبت أسوأ جريمة على الإطلاق وهي أنني فضحت كل شيء أمام أعلى ضابط وكنت أظنه سيفعل شيئًا لكنه أحالني إلى ضابط صغير يا له من رجل كان أخًا ماسونيًا قويًا ومن وقتها صارت حياتي بؤسًا.

قالها مورو بجوفٍ مليء بمشاعر سلبية بينما كان يخلط الأوراق. بعد ذلك شارك اللاعب باتجاه عقرب الساعة بينما قام سام بوضع قيمة الرهان الصغير، فدفع بالقرص الذي يُقَدَّر بنقطة واحدةً، بعد أن اتفقوا بدايةً على مقدار الرهان الصغير في هذه الجولة، وقال ضاحكًا:

ـ لو توجهت للمحكمة لربما كانت النهاية لكما جميعًا.

تلاه هاري جونز فوضع الرهان الكبير وقيمته نقطتان، بينما قال بجدية: ـ لكنكَ بعدها سيد مورو أصبحت قياديًا قويًا بالمافيا بعدما تم إبعادك عن الشرطة من قبل المحفل الكبير بروما.

وزع الديلر الأوراق على اللاعبين، فبدأ مباشرةً بيانغ تسو، وهو اللاعب التالي لجونز الذي دفع الرهان الكبير. أعطاه مورو الورقة الأولى، ثم أوضح قائلًا:

ـ تم تخييري بين مغادرة البلاد أو ترأس زعامة أقوى منظمة مافيا في البلاد حينئذ كان دوري هو إمداد حركات الانفصال بالسلاح اللازم للقيام بدورها وفزت بلب رئيس المحفل ورشحني فيما بعد لمرتبة عليا.

كشف يانغ تسو ورقته الأولى فيما بدا غير مرتاح، فقال: ـ لكنكَ فضلت ذلك عن مغادرة البلاد برغم أنهم أبلغوك بتحمل نفقاتك بالإضافة إلى شراء سيارة أنيقة ومنزل فاخر بالولايات المتحدة.

وزع جوليو مورو الأوراق المغطاة بالترتيب في اتجاه الساعة على باقي اللاعبين.

ـ لكن في النهاية غادرت البلاد بعد كل ذلك التاريخ الحافل في مساعدة الأخوان.

قالها مورو بينما اكتمل نصيب كل لاعب ورقتين من البطاقات في حين لا يستطيع أي لاعب أن يرى ما لدى اللاعب الآخر. افتتح يانغ تسو جولة الرهان عندما قام بدفع نقطتين وهو يقول:

ـ إنكَ إن لم تفعل لكان من المفترض بك أن تقتل نفسك.

جاوبه مورو بنقطتين أيضًا، وقال ضاجرًا:

ـ لا يمكن لإنسان ماسوني دخل إلى مرحلة في القوة والنفوذ والمال أن يُعلن عن نفسه لأنه سيسقط في المجتمع وهو بالضبط ما حدث معي.

تلاهما سام بنقطة واحدة تكفي لاكتمال جولة الرهان الأولى، فعل ذلك قائلًا: ـ إنك الآن سيد مورو تخسر كل شيء وربما تتلقى رسالة في أي وقت تطلب منك أن تنهي حياتك وحينها عليك أن تفعل لأنه لا يمكنك ألا تفعل.

قام مورو بجمع كل المشاركات التي تمثل قيمة الجائزة، ووضعها في وسط الطاولة. ثم رفع ثلاث أوراق مشتركة ورصَّها في الوسط؛ لافتتاح جولة الرهان الثانية. باستخدام الورقتين اللتين لدى كل لاعب والثلاث أوراق المشتركة على الطاولة يمكن له أن يُكوِّن يد بوكر من خمس أوراق ويغير موازين القوى. رفع سام كأسًا واجترعها في نفسٍ واحد، ثم قام بافتتاح جولة الرهان الثانية بالنقر بالسبابة والوسطى على الطاولة ما يعني أنه لن يدفع شيئًا. وجد جونز أن الأوراق الخمس ليست قوية بالقدر الكافي ولن تعطيه أي شيء، فامتنع عن المجازفة، وترك هذه الجولة دافعًا بما لديه من أوراق إلى داخل الخط.

ـ على كل حال يبدو أمركَ أهون مني فلقد تم تسريب اسمي من أحد المنشقين بالمحفل الكبير في لندن وعلى الرغم من أن لجنة الإخوان المحامين المكلفين بالدفاع عني أمام المحكمة نجحت بدرء شبهة عضويتي بالمحفل لأنه لا توجد ثمة أوراق رسمية تثبت ذلك إلَّا أنه تمت مقاضاتي بتهمة غسيل الأموال ولولا ذلك لكان يتوجب عليَّ التخلص من نفسي.

قالها هاري جونز بينما قرر ترك هذه الجولة، دافعًا بما لديه من أوراق إلى داخل الخط. ثم جاء دور يانغ تسو الذي كان يحمل أوراق لعب قوية؛ لذا قرر أن يُضاعف قيمة الرهان الكبير، فدفع بأربع نقاط إلى الطاولة، وقال ساخرًا:

ـ يا لكما من أحمقين غبيين إن الماسوني الغبي ليس له مكان بيننا.

قرر مورو الاستمرار باللعب، ودفع بأربع نقاط قائلًا: ـ لقد صنعنا تاريخ إيطاليا الحديث كان الأمر برمته بيدي لاختيار أعضاء محفل الشرق وتمكنت من ضم جميع رؤساء المخابرات وحفنة من الجنرالات المهيمنين ووزراء كثر وأعضاء من مجلس النواب والشيوخ إلى ثنايا المحفل لا تنس سيد تسو أن محفل الشرق الكبير بإيطاليا يختلف كثيرًا ولطالما كانت الاختلافات تطفو على السطح وربما الخلافات أيضًا ذلك حينما انقسمت محافل روما على نفسها بسبب الخوض في السياسة من خلال مساندة الفاشية والوقوف إلى جانب موسوليني وترشيحه مايسترو شرفيًّا.

عادت الكرَّة من جديد إلى سام الذي قرر الانسحاب من الجولة الثانية.

ـ بالطبع تعاملتم بدهاء مع ذلك إن ما يدفع الديكتاتوريين إلى التخلص من الماسونية هو أن لديهم ماسونيتهم الخاصة فقد حظر هتلر وموسوليني وستالين وناصر الماسونية لأنها كانت نظامًا منافسًا من القيم مع ذلك يمكن لنا أن نجتمع ونتآمر ضد أي حاكم بالعالم وكان من الداعي أن يظهر أولئك الزعماء على أنهم قوميون متأصِّلون ويشيطنوننا أمام شعوبهم لننفذ إلى ما نصبو إليه من وراء ستار.

قالها سام بينما يفرقع بسبابته على الطاولة.

وعليه قام الديلر بجمع جميع النقاط على الطاولة، ووضعها في الوسط لتضاف إلى قيمة جائزة الجولة الأولى. وقال في سكرة خمر، مطأطئًا رأسه :ـ أتفق معك. بينما مد يده لسام بالسلام الأخوي. بعدها أظهر البطاقة الرابعة ووضعها في المنتصف، فقال جونز وهو يرزع بالكأس على الطاولة في هذيان:

ـ لا بأس من نشر قوائم المشاهير الذين نفتخر بأخويتهم على الرغم من أن هنالك قائمة أطول ممن يجب التكتم عليهم.

سارع سام قائلًا: ـ ليس بالضرورة أن تضم القائمة أسماءً حقيقيةً منا ربما نسبت أسماء كثيرة إلينا بعد موتهم عليك أن تعرف كيف تغرر بالأجيال الموجودة كي تزرع في عقولهم أن فلانًا اشتهر أو وصل إلى السلطة أو درجة من العلم لأنه كان ماسونيًا وهنا الحكمة أن هَلُمّ بكم إلى الماسونية كي تصنعوا مجدًا.

عاد جونز ليقول :ـ كنت شابًا صغيرًا عندما نصحنى أحد زملائي لحضور أحد الاحتفالات الماسونية والالتقاء بالأصدقاء وربما عندئذ أود الانضمام إليهم فقلت له إنني لا أملك الكثير من المال ولا أعتقد أنني أتحمل تكاليف الانضمام فنظر إلي زميلي ساخرًا وقال ليس الأمر أنك لا تستطيع تحمل تكاليف الانضمام بل هو أنك لا تستطيع تحمل تكاليف عدم الانضمام بمعنى أن من لن ينضم للماسونية فإن مستقبله سيتحطم.

في الأثناء تقدم أحد الحراس وانحنى إلى جوار سام بينما يقرأ عليه رسالة نصية من غسّان الشريف، يُخبره فيها بأنه نجح في الهروب، وأنه في طريقه للوصول إلى الولايات المتحدة، ويسأله فيها عن حضوره إلى المؤتمر السنوي للمحفل الأكبر بنيويورك حيث يرغب في مقابلته والتحدث معه. كان غسّان من الدرجة الرفيعة، حيث يُعزى الفضل له في تهريب وثائق مهمة من أحد المحافل الماسونية بعد اندلاع الحرب الأهلية بلبنان. تكشف تلك الوثائق شفرة الاتصال بين الأعضاء وكلمات السر المرتبطة بكل درجة على حدة، وجاءت في معظمها من كلمات عبرية ما من شأنه توريط إسرائيل فيها.

أمر سام حارسه بالإجابة بأنه شغوف للقائه واحتساء الجعة معه. كما أضاف بأنه يَكِن له تقديرًا خاصًا على ما قام به من دور ممتاز بالنيل من مردوخ خلال

اللقاء، مؤكدًا أنه يستحق تكريمًا عظيمًا على هذا الإتقان وهذه البراعة في الأداء. أشار للحارس بالانصراف بينما يصيح قائلا:

ـ أيها الجرذ الصيني الحقير سأنال منك اليوم بل ستنال أمريكا كلها منك بهذه الليلة الحاسمة.

ثم افتتح يانغ تسو جولة الرهان الثالثة.

ـ أيها العجوز الصين اليوم لا تبدو كالسابق بعد استخدام شركات الملاحة للممر القطبي أضحى لنا وجود متزايد في المنطقة الشمالية ونعتبر من أكبر المستثمرين في قطاعي التعدين والنفط البحري وصار لنا قدم وساق في المجلس القطبي الأعلى بصفة مراقب دائم وهذا من شأنه توفير الوقت والمال لشركات النقل البحري الصينية يا له من إنجاز تاريخي كاكتشاف رأس الرجاء في حين غدت بيادقنا تغزو أفريقيا عبر صفقات تجارية متنوعة المستقبل لنا وستغرق منتجاتنا العالم وتضحى أسواق أمريكا بلا أي قيمة وطنية تذكر.

قالها يانغ تسو في تعجرفٍ شديد، ثم ذيَّل حديثه قائلًا :ـ حقًا شاخت أمريكا كثيرًا وتقوقعت سطوتها إلى الداخل. وكان حادًا واثقًا بينما يضيف أربع نقاط على الطاولة. بعدئذ تبعه مورو الذي قرر الانسحاب من الجولة الحالية، فقال قاطبا: ـ عن أي صينٍ تتحدث سيد يانغ؟ أما علمت بأن الصين انكفأت على نفسها وانعزلت عن العالم وتوقفت فيها الحياة بشكل كامل بعد انتشار الوباء؟

هذه المرة دفع سام بثماني نقاط مرة واحدة، وهو يقول: ـ إن الفيروس الصيني اللعين ليس إلا لعبة من ألاعيبنا لتشكيل العالم الجديد إنه سينتشر كالجراد عبر كل الأفراد حول العالم ولن يتوقف إلَّا بعد أن يفتك بالآلاف سنتربع على عرش النفوذ بعد سيطرتنا على سوق اللقاح الرائج الذي ستهرع الأمم للحصول عليه وفي ذلك فلنتنافس أو لنقتسم الكعكة.

فضَّل هاري جونز الانسحاب، بينما قال رافعًا حاجبيه: ـ إنها حرب يمكن التصدير للعالم بأنه فيروس صيني فلتذهب سمعة الصين إلى الجحيم مقابل التحكم في كل تلك المليارات الهائلة من البشر غير الجيدين للبقاء وسطنا.

فجمع مورو كل المشاركات من جديد، وأضافها إلى ما سبق بوسط الطاولة.

ـ مجرد بطالة مقنعة نحن بغنى عنها لن يضيرنا شيء حين نقرر الاستغناء بأي وقت ما دمنا نملك المال الذي نغني به أنفسنا.

قالها مورو بينما يُظهر البطاقة الخامسة، فوضعها في المربع الخامس في منتصف الطاولة؛ لافتتاح جولة الرهان الأخيرة.

نقر سام مجددًا على الطاولة؛ مقررًا أن يفتتح جولة الرهان الأخيرة بدون وضع شيء. جاوبه جونز بأربع نقاطٍ في حين يدفع يانغ تسو بقيمة الرهان الكبير، وكذلك فعل مورو.

ـ يمكننا استعاضة البشر بالآليين في أي وقت لإنقاذ مصالحنا السكّان يتضاعفون مرة كل خمس وعشرين سنة نظامنا الرأسمالي لا يمكنه مسايرة هذا التسارع ومهندسنا الأعظم على حق كان لابد من إنقاص عددهم .

بدايانغ تسو فخورًا بينما يقول ذلك بينما يجمع مورو الجولة الأخيرة من الرهان، وأضافها إلى الجائزة. بعد ذلك كشف اللاعبون أوراقهم؛ فكانت الصاعقة بأن الحظ حالف يانغ الذي امتلك أعلى بطاقات على سلم البوكر. لقد اكتسح الطاولة بالدرجة التاسعة على سلم البوكر، من خلال خمس أوراق قوية للغاية من تسلسل رقمي لخمس بطاقات تتشابه بالشكل واللون. وبذلك استحق بجدارة قيمة الجائزة الأكبر. اشتاط سام غضبًا لفوزه، فلقد تعادل معه في جولة واحدة، وانهزم أمامه في جولتين ساحقتين بشكل غير متوقع على الإطلاق بالنسبة إليه. وعلى إثر ذلك جن جنونه، وهبَّ من مقامه ضاربًا الطاولة بعنف وهو يصيح قائلا :

ـ أيها المتحايل اللعين إنك تسرق وتريد خداعنا جميعًا لن أترك لكَ الفرصة للاستحواذ على الغنيمة بمفردك.

صعدت كارمن إلى الطابق العلوي، وتوارت بجوار حائط خلف كاميرات المراقبة. خلالها كانت آنا تستميل الحارسين الأسودين بحركة داعرة. أخذت بيد أحدهما تجرُّه لغرفة المطبخ، فتبعهما الحارس الآخر. أسرعت كارمن إلى داخل الممر، ووقفت مضطربة أمام الباب تنظر حولها في حين تحاول إدخال البطاقة الذكية. سريعًا انفتح قبل أن يلاحظها الحارس الذي عاد واقفًا لدقيقتين متفقدًا الممر، ومع ذلك فلم ينتبه لجوّاله الذي أصدر طنينًا قصيرًا، كانت إشارة على محاولة لفتح الباب. أبقت كارمن الأنوار مطفأة، لكنها استعملت كشاف هاتفها؛ ليزيح قليلًا من العتمة. توجهت نحو المكتب فورًا، وسعت بكل حثٍّ للعثور على الحقيبة دون أن تترك أي أثر خلفها. جابت أرجاء المكتب ثلاث مرات دون نتيجة. لوهلة شعرت باليأس، قبل أن تنكشف لها خزينة صغيرة مستطيلة إلى جوار المكتب.

ـ ربما أن إن المفتاح الصغير سيعمل.

قالتها كارمن برأسها وهي في حيرة إلى ما بيدها من مفاتيح. وبحماسٍ زائد انفتحت الخزينة بعد محاولتين فاشلتَين. توهج وجهها لكن ذلك لم يدم لحظات، فشعرت بالإحباط لمَّا اكتشفت أن أيًّا مما لديها لا يخص قفل الحقيبة المُشفَّرة. في الأثناء كان سام الذي فقد صوابه يهيج بجنون ضاربًا برسغه كأسًا بكل غل، فانقصفت في الحائظ وتكسَّرت فتاتًا. وصاح إذ يترنح قائلا :

ـ سأنال منك أيها المقامر القذر.

مدَّ يده بهرولة إلى جيوبه باحثًا عن مسدسه بينما يانغ تسو يستعد لإشهار سلاحه في وجهه، مبادرًا باستفزاز للدفاع عن نفسه من أي اعتداء عليه محتمل. انفرط عقد الغضب، وماجت الطاولة في هرج فوضوي وعراك احتدم بالألسن بأقذع سُباب. اندفع الحارسان على إثر ذلك للإسراع إلى سام، وحاول السيدان الآخران تهدئة الوضع وضبط الأجواء، لكن سام خرج عن السيطرة، وأصر على إيجاد مسدسه لينال منه؛ وأسرع خارجًا تجاه مكتبه.

فزعت كارمن لهذا الصياح، فردَّت باب الخزينة على عجل وانفضت للإسراع بالخروج. ثم ترددت في ذلك عندما سمعت صوت سام يقترب من المكتب، فأخذت تحرث الغرفة بهلع بحثًا عن مخبأ.

ـ تبًا لك أيها الصيني الخنيث سأريك كيف ترفع سلاحك في وجهي.

قالها سام في الممر بينما يسرع بغضب نحو الباب. ظل يبحث عن مفاتيحه بكل جيوبه دون أثر. فصرخ بهياج قائلا :ـ أين هي تلك المفاتيح اللعينة؟ فأسرع أحد الحراس بإخراج بطاقة أخرى بديلة. دخل إلى مكتبه وشدّ أحد الأدراج فتناول مفتاحًا أدخله بضبة الخزينة فانفتحت. مدَّ يده إلى الداخل متناولًا الحقيبة، ثم رفعها على سطح المكتب ليفتحها. أخرجت كارمن جزءًا من رأسها بينما كانت تختبئ خلف أحد المقاعد العريضة القريبة من المكتب. برقت عيناها عندما وقع بصرها على القلادة بداخل الحقيبة. سحب سام مسدسه منها ثم أغلقها، وحملها بيده وأعاد غلق الخزينة.

ـ يجب أن أخلص منه قبل أن أغادر.

قالها مستديرًا للخروج بعد أن ضرب بقاعدة المسدس على زر مصباح الغرفة، فهبط تاركًا إياها توحل في ظلامها السابق. نهضت كارمن من خلف مخبأها مسرعةً نحو الباب بعدما انتظرت قليلًا. بينما سام يعبر الممر سمع طلق ناري عنيف. كان يانغ قد اشتبك مع الديلر الإيطالي، فبادره بطلقة طائشة وجدت طريقها إلى قدم مورو فأصابتها. هجم عليه الحراس محاولين السيطرة على ما بيده بضربتين احترافيتين فسقط مسدسه. ثم أجهز سام عليه فصفعه لكمة قوية طرطشت دمه. احتد الاشتباك عندما تدخل حراس يانغ تسو لنجدته، في الوقت الذي كان الطابق الأعلى بالنادي يموج في الفوضى. صعد رجال أمن في حين سام يتجه نحو ردهة الممر ليغادر المكان بأمر من حارسه الشخصي.

أسرعت كارمن بالهبوط لاهثة وهي تهرع نحو يحيى الذي كان واقفًا بمفرده إلى جانب البار.

ـ ماذا حدث معك؟ هناك نفير غريب بالنادي وشاهدت لتوي الشرطة تصعد إلى الأعلى.

قالها يحيى مستغربًا. فأجابته كارمن وهي تحاول أخذ أنفاسها قائلة :ـ لا أعرف لكن ضرب نار حدث وأظن أن سام أصاب أحدًا.

ـ أنا لم أسمع شيئًا ولا أظن أحدًا أمكنه سماع ذلك وسط هذا الصخب.

صرخ يحيى بصوتٍ عالٍ لتسمعه. تساءلت كارمن وهي تصيح قائلة :ـ أين آنا؟ فأجاب يحيى يهزُّ رأسه قائلًا: ـ لم أرها مذ صعدت قبلكِ أخبريني هل رأيتها؟ تنهدت كارمن بضجر وهي تنفي له رؤيتها.

في الأثناء رأيا سام ينزل على الدرج غاضبًا.

ـ سيدي يجب أن تهدأ طائرتكَ في السابعة صباحًا وعلينا التوجه للمطار بأسرع وقت.

قالها الحارس الشخصي مطأطئًا رأسه إلى أذنه بينما يعبر أمامهما إلى مخرج النادي. كانت آنا تقتلع الدرج وهي تهبط إليهما، ثم قالت فزعة:

ـ ها هل فعلتِها؟

استعجلتهما كارمن بالخروج قائلة: ـ هيا بنا الآن لنلحق به سأشرح لك لاحقًا. أسرعوا متوجهين إلى السيارة المركونة على مقربة من المكان. قال يحيى فاتحًا السيارة: ـ اركبي إلى جواري سأتولى المهمة. واندفعت العجلات مصدرةً أزيزًا قويًا نحت الأسفلت، فبرق خلف سيارة سام بأقصى سرعة. قالت آنا بانفعال:

ـ إلى أين نحن ذاهبون إذن؟

أجابتها كارمن قائلة :

ـ إلى المطار إلى حيث يذهب سنظل وراءه أرجوك يا يحيى لا تدعه يفلت منك أسرع.

فتح الحارس صندوق السيارة الأمامي، وأخرج علبة من الثلج بها زجاجة مبرشمةً من الويسكي الفاخر، وناولها لسام الذي أزال غلافها وفرقعها على الفور قائلًا:

ـ أسرع أيها الغبي إلى مطار لاغارديا الدولي.

في تمام الساعة الرابعة والربع صباحًا وصل سام، فاصطحبه الحراس إلى الداخل حتى صالة الاستقبال. أسرع الثلاثة خلفه مباشرةً، لكن آنا أوقفتهما لتتساءل في حيرة قائلة :ـ لكن نحن لا نعرف إلى أين وجهته؟ فأجابتها كارمن بحماس قائلة :ـ لا بأس سأعرف. فورًا ركضت خلف سام وحراسه الذين يعبرون الممر الأمني. اندفعت بكل عزمها نحوه فصدمته صدمةً أسقطته أرضًا وجواز سفره يطير فوق الأرض، فسارعت إليه حتى التقطته، وعادت إلى سام معتذرة بينما

حرَّاسه ينفضون له بذلته. قالت كارمن وهي تضمُّ كفيها إلى صدرها بتوسل مبالغ فيه :ـ آسفةٌ بشدة ليس لدي ما أقوله وأتمنى لو يتسع صدرك لقبول اعتذاري. وانصرفت لتهرول لعند آنا ويحيى حتى قالت:

ـ على خطوط إكسبريس جت الجوية إلى مطار ميامي الدولي.

دخلت آنا إلى موقع الشركة الإلكتروني؛ بحثًا عن مقاعد لكنها لم تجد سوى آخر ثلاثة مقاعد شاغرة في هذا الميعاد، فحجزتها على الفور.

ـ هل سنطير وراءه إلى ميامي؟ أنتما تمزحان؟

قالها يحيى مذهولا. واقترحت كارمن أن يذهب إلى سيارته سريعًا لإحضار حقيبته البنية، ففعل بعدما فهم منها ماذا تريد؟ ولمَّا عاد رأى سام بآخر صف ينتظر شحن حقائبه فوقف خلفه. ثم وجد فرصته عند انشغال سام بالتحدث إلى الموظفة فأنزل حقيبته الجلد البنية إلى الأرض لجوار حقيبة سام، ثم انتظر. ملأ القلق صدري آنا وكارمن وهما تتابعان من بعيد خائفتين من انكشاف أمره. سألتها آنا وقدماها ترتعشان قائلة :

ـ هل تتوقعين أن ينجح في ذلك؟

فردَّت عليها في توجس قائلة :

ـ أتمنى ذلك.

بعد لحظات استغل يحيى عدم انتباه سام فأمدَّ يده وأبدل موضعي الحقيبتين بقدمه وهو مرتبك، ثم رفع حقيبة سام في طرفة عين وأخفاها. أمدَّ سام يده إلى الأخرى ثملًا ورفعها ليضعها على السير في حين لم تثر خفَّتها أي إثارة لديه، فتناول تذكرته وغادر الصف. ابتسم يحيى إلى الموظفة إذ يقول:

ـ لدي ثلاث تذاكر إلى ميامي من فضلك.

***

ميامي المدينة الساحرة لياليها المطلة على الساحل الأطلسي تجنوب شرق ولاية فلوريدا، وبها الفرع الرئيسي لشركة الملاحة التي يديرها سام، حيث تضم أسطولًا من السفن البحرية لا يُضاهَى، لكن تبقى الأميرة الكبرى الأقرب حنينًا من فؤاده. يمتلك سام شقة فاخرة ذات ثلاثة طوابق على شاطئ البحر، إنها بلا شك أفضل شقة في أفضل بناء في ميامي وأفضل مناظر مطلة على جزيرة فيشر آيلاند. وبها الطابق الثاني مماثلًا لمتحف فني لأشهر الرسامين العالميين، وتوجد بركة سباحة في الطابق العلوي، فيما تصل قيمته لحدود السبعين مليون دولارًا دولار. لذا فإنه كثيرًا ما يتباهي بعرينه الشتوي المفضل، وهو يتحدى أحدا بإمكانه منافسته على موقع فريد على الساحل كهذا. ومنذ سنوات فائتة علم أنه مصاب بسرطان

الخلايا الصبغية، وأن المرض يتسلل إلى غدده الليمفاوية؛ ففكر بأن الحياة قصيرة، وبعدها بيوم أو يومين اتصل بالمهندس المعماري وأخبره بأنه لن يمضي قدمًا في تشطيبها، لكن وبعد فترة وجيزة قال لنفسه إنه لا يستطيع العيش مهما تكن المدة التي سيعيشها بدون هدف مميز أو مشروع طموح؛ لذا عاود الاتصال به ليخبره بأن ينسى الأمر، ويمضي في عمله.

بفندق ماريوت ميامي قبل الظهيرة استقر بهم المطاف بعد صخب ليلٍ طويل، فصعدوا إلى غرفتيهم مرهقين. ارتمى يحيى على السرير بحذائه ممددًا، في حين كانت كارمن تتفقد الغرفة قائلة:

ـ إنها رائعة إلى حدٍّ بعيد انظر هنا لدينا منظر طبيعي خارجي خلاب.

نهض يحيى وتوقف إلى جانبها في البلكون عانقًا يده حول خصرها بحنو، وطبع قبلة في خدها وقال: ـ من العجيب أننا لم نفتح الحقيبة حتى الآن. فأجابته كأن ثعبانًا لدغها قائلة: ـ أوه نعم لم نفتحها بعد. فاجتازت إلى داخل الغرفة، وتبعها يحيى وهو يقول: ـ هل تظنين بأننا نجحنا؟ لم تمر ثوانٍ معدودة حتى رفعت كارمن الحقيبة إلى السرير، وقالت مندهشةً:

ـ قِفلُ الحقيبةِ يُفتح برمز نحتاج لكسرها.

فأومأ يحيى معترضًا بينما تركته يتولى أمرها. أدار عجلات القفل المشفَّر إلى الصفر، ثم أخذ مُجرِّبًا تحريك كل عجلة مرة واحدة؛ ومحاولًا فتح القفل في كل مرة. صاحت به كارمن قائلة: ـ هذا لن يُجدي علينا بكسره. لكن ما إن انتهت حتى انفتحت أشرعتها على مصراعيها. فشهقت بفزع قائلة: ـ يا إلهي ما هذا يا يحيى؟ تناول يحيى الحقيبة بكلتا يديه، وثبَّتها أمامه ثم قال: ـ لا لا تلمسي شيئًا. إذ وجدا الحقيبة تحتوي على زوج من رأس بشري مشطور نصفين بطريقة بارعة ومجففة تمامًا كأنها محنطة، ومدهونة بطلاء أحمر قاتم بلون دم الغزال، ومغلفة بغطاء جيلاتيني لزج. قالت كارمن في هلع:

ـ لقد كشفَ أمرنا.

أجاب يحيى وهو يفكر قائلا:

ـ تقصدين أنه علم بتدبيرنا وتوقع قيامي بإبدال الحقائب فألقى بهذه في طريقنا؟ ولكني واثق من أنه لم يعلم بأمرنا شيئًا.

خرجت كارمن من الغرفة مرتجفة إلى الغرفة المجاورة حيث نزلت آنا. ثم في لحظات عادت ومعها آنا التي كادت تسقط على الأرض من هول ما رأت. قالت بخوف بعد أن أغلقت باب الغرفة جيدًا:

ـ كيف مرت عبر جهاز كاشف الحقائب؟ هذا يصيب بالجنون.

أجابتها كارمن بغير اكتراث قائلة:

ـ لكنها عبرت والسؤال هو لماذا يرمى بها في طريقنا إن كان يعلم بفعلة يحيى؟
قالت آنا بحيرةٍ. ـ أغلب الظن أن هذا القتيل تخلص منه سام بتلك الطريقة البشعة وربما كان في طريقه لتقديم رأسه إلى أحد الموتورين منه. فعاد يحيى للتساؤل قائلا :ـ لكن لماذا يفعل به ذلك؟ وما وراء تلك العداوة التي تجعله ينتقم منه هكذا؟ قالت لهما كارمن وهي تدور حول نفسها في قلق :ـ لكني أشك أنه يريد توريطنا في هذه الجريمة الشنيعة. كان يحيى مستقيما فجلس وقال :ـ وما العمل الآن؟

ـ إذا يكن سام على علم بوقوعها معنا فحتمًا سيقلب الدنيا بحثًا عنا.
قالتها آنا في حين تعبث بباقي جيوب الحقيبة، حتى عثرت على أنبوب شفاف بحجم غطاء القلم الجاف يحوي مسحوقًا أسود. رفعته في النور وقالت صائحة:
ـ ما هذا بحق يسوع؟

***

كانت النيويورك تايمز قد نشرت على موقعها الإلكتروني خبرًا حقق آلاف من المشاهدات حول العالم خلال نهار. يقول الخبر :ـ سيارة مرسيدس سوداء فاخرة مهجورة ومركونة في أحد شوارع مانهاتن تلفت نظر اثنين من الصبية الملونين الذين اقتربا منها واقتحماها ثم أجبراها بحرفية على مغادرة مكانها كانا لصين ماهرين يقتاتان على بيع مكونات السيارات المسروقة وعندما وصلا بها إلى ضاحية شمالية لم يُضيّعا وقتًا قبل نهب محتوياتها لكنهما حينما شرعا بفتح محتويات الشنطة الخلفية كانت المفاجأة في جثة بلا رأس ممزقة إربًا بطريقة هندسية ومدهونة بطلاء أسود قالت التحقيقات الأولية أن الاختبارات المعملية التي أجرتها الشرطة كشفت أنه يحتوي على مادة الزئبق.

كان غسّان الشريف يعيش في جنوب إفريقيا منذ عقود مهندسًا ناجحًا للكيماويات العسكرية، حتى حصل على الجنسية قبل عودته إلى لبنان بتكليف من رئيس الحكومة؛ لشغر وزارة الطاقة وبعد تركه منصبه عاد ليستقر هناك بكيب تاون. ولكن قبل ذلك بكثير في منتصف التسعينيات كان يدير بشكل سري فرعًا لشركة أمريكية للكيماويات يترأس سام مكتبها الإقليمي بإفريقيا حيث توطدت علاقتهما وتشابكت مصالحهما. كان غسّان يبحث في مسألة الأسلحة الكيماوية لحساب إيران، بالتعاون مع شركةٍ للسلاح في جنوب إفريقيا، وحيث سعى حزب الله اللبناني لاستغلال علاقات أحد أعضائه المحسوب عليهم بالأجهزة الأمنية أملًا في الحصول على ترخيص لإقامة معسكر لجماعة قانونية تدَّعي حماية المسلمين من تحرشات رجال العصابات. الأمر الذي أثقل ورقته لديهم، بالوقت الذي كان

يعمل فيه لحساب سام عبر وسيط قُضِيَ عليه قبل صفقة كبرى لم تكتمل، وكان الأخير ينقل الكيماويات العالية النقاوة من ناميبيا عبر جنوب إفريقيا إلى أمريكا قبل وصولها بأيدي جاد كوهين في إسرائيل.

وقبل اللقاء كان قد تلقى تحذيرًا من جهاز استخبارات جنوب إفريقيا يفيد بتعقب إحدى الجهات له لاغتياله؛ لذا نصحوه بترك منزله والإقامة بالريتز حيث يمكنهم تأمينه لحين سفره إلى الولايات المتحدة. وبعد انتهائه صعد شاب أسود إلى غرفته المجاورة بالفندق ثم طلب زجاجة خمر ووجبة خفيفة قبل أن يستدرجه عبر تليفون الغرفة واهمًا إياه بسراب صفقة رابحة. بعد قليل سمع النزلاء جدلًا أعقبه ما بدا لهم اصطدامًا خشنًا. وفي ثقة غادر الشاب الأسود مخلفًا وراءه غسان الشريف ينزف من رأسه. أسرع رجال الأمن إلى الغرفة وطلبوا النجدة لإسعافه بينما لاذ بالفرار.

ومع منتصف الليل في جناحه الخاص بالطابق الأخير على متن الأميرة الكبرى والذي يسع لملعب تنس دعا سام بعض الأصدقاء في هذه الرحلة لمأدبة عشاء فاخرة على شرفه. تولى رئيس قسم الخدمات ترتيب حفل العشاء، في حين عضوات الطاقم في زي البحارة غير الرسمي يلبين طلبات الضيوف، أما الغداء فعبارة عن شطائر محضرة من أفضل المكونات. في الواقع كل شيء على السفينة من أفضل نوعية، وهذا بالطبع يكلف الكثير من المال.

ـ شالوم عزيزي.

قالها سام مُرَحِّبًا بجاد كوهين العقل المحترف لجهاز الموساد الإسرائيلي وزوجته. أمدت راشيل ذراعها إليه في حين تقول:

ـ عودًا حميدًا سيد رودريغز إلى أميرتك المحببة.

عانقها سام بحميمية، وقال: ـ حقًا سيدتي هي قطعة من فؤادي أشعر بالارتياح لعودتي لها بعد انقطاع طويل. ثم صافح كوهين مصافحة أخوية، وقال: ـ مرحبًا بك صديقي اشتقت لرؤيتك. دلفت راشيل قائلة: ـ دائمًا ما أقول له بأنها المدينة العائمة الأقرب إلى قلبي إنها حقًا أميرة ومميزة أريد أن أبدي إعجابي الشديد بخزائن الملابس الفاخرة المصممة حسب طلبي.

قهقه كوهين قائلًا وهو ينظر إلى سام: ـ قالت لي ذات يوم ماذا لو طلبنا من السيد رودريغز استبدال جزوع الأشجار بجلود التماسيح الأمريكية قلت حسنًا سيكون ذلك رائعًا لنعرض عليه الأمر. فأمسك سام بذراعه مداعبًا، وقال كأنه يمزح: ـ برأيك كم تمساحًا أمريكيًا قُتل لأجل هذا؟ أجابته راشيل بغير مبالاة قائلة ـ: ربما أكثر من مائة وخمسين تمساحًا. فعلَّق سام قائلًا:

ـ إنها تماسيح أمريكية رُبِّيَت في مزرعة فلنركز دائمًا على أنها تربت في مزرعة.

ضحك الزوجان وقالا معًا :ـ بالطبع في فلوريدا هناك تماسيح أمريكية بكل مكان. ثم أردف قائلًا وهو يكتم ضحكًا: ـ إنها تأكل كلابنا. فقالت راشيل ساخرة: ـ أظن أن التماسيح مهددة بالانقراض ولكن التماسيح الأمريكية ليست كذلك هذا جميل جدًّا. فضحكوا جميعًا.

بالرغم من أن كوهين وزوجته يمتلكان سفينة سياحية أيضًا لكنها لا تقارن بأميرة البحار. وفي كل مرة تصعد فيها راشيل على متنها تشارك في طقسٍ غير مألوف، حيث تستخدم الكرسي المعلق لتصعد إلى قمة السارية؛ فلطالما قالت إنها تحب أن ترتفع في حين تشعر بانعدام الوزن فترى العالم بعيون طير حر منطلق يمكنه رؤية الأرض كما لا يراها الآخرون. وفي هذا المساء اصطحبه سام إلى مكتبه؛ ليتحدث إليه بمفرده في بعض الأعمال المشتركة الخاصة. كان كوهين منزعجًا فبادره بالسؤال قائلًا:

ـ هل تسير الأمور على ما يرام؟

ـ كانت تسير على أتم وجه حتى حدث ما حدث.

ـ لهجتك غير مرضية أخبرني فورًا ماذا حدث؟

ـ الحقيبة التي بها القنبلة النووية وقعت بيد آخرين.

غضب كوهين غضبًا هائلًا، وقال وهو يطيح بما حوله :ـ اللعنة لا تقُل هذا يا أحمق كيف يحدث ذلك الهراء؟ فحاول سام تهدئته، فقال: ـ اجلس يا صديقي وتمالك نفسك إن رجالي يذرعون الأرض بحثًا عمَّن كان خلفي عند قيامه باستبدال الحقائب في المطار كما أخبروني.

ـ هل تعلم كم ستتعقد الأمور إذا ما وصلت هذه الأخبار إلى الصحافة يا غبي؟

ـ لا تقلق فإلى الآن نسيطر على ما لديهم من معلومات والشرطة عثرت على أشلائه كما خطط لها.

تمتم كوهين قائلًا: ـ حفر قبره بيده وخان العهد والقسم وكان ذلك عقابه المستحق بعثت له تحذيرًا قويًّا عبر وسيط استخباراتي عالي شدَّد عليه بضرورة الابتعاد عن تلك الصفقة لكنه لم يأخذه على محمل الجد أبله. فتدخل سام بقوله: ـ كان من الضروري أن يُلاقي هذا المصير المشؤوم حتى تصل الرسالة بأننا قادرون على اقتناص أي واحد فيهم بأي مكان وزمان وبأي وسيلة. استطرد كوهين قائلا :ـ خيلت له حماقته أن بوسعه تغفيلنا وخداعنا أرشده غباؤه إلى الهاوية وأخبرتكَ أن رجالنا من أجهزة استخبارات مختلفة هبطوا على منزله واستولوا على الكثير من الوثائق والأهم منها عينات الزئبق الأحمر التي كانت في طريقها إلى أيدي حزب الله. وأثبتوا خيانته بعد أن وافق المغفل على عرض رجل سري من طرفنا بشأن

صفقة من الزئبق الأحمر واليورانيوم المخصب لإرسالها إلى إيران وليبيا عبر شركات تعمل كغطاء في تونس والعراق.

ـ وما فعلتم بحق دنجوان الزئبق هناك؟

أجابه كوهين وهو يضحك قائلا :ـ كان تاجر أسلحة من الطراز الأول ودنجوان بمعنى الكلمة لن تأتي شيئًا سيد رودريغز بجانبه. فقهقها للحظات قبل أن يردف قائلا :ـ لكن رفيقته المفضلة قد وشت به إلى حزب الله كما أمرناها وأبلغتهم بازدواجية عمالته.

ـ بالطبع قرروا التخلص منه عقوبةً لخيانته.

ـ بلا شك لكننا ارتأينا ضرب عصفورين بحجرٍ واحد فعرضنا عليهم التكفل بالتخلص منه وإرسال رأسه مقابل حقيبة تحوي مبلغًا زهيدًا مائة ألف دولار عمولة خدمتنا لهم.

ـ كانوا متيقنين بأنهم لن يتمكنوا من الوصول إلى رأسه في حين هو تحت حمايتنا بالطبع قبلوا العرض.

ـ وهذا ما حدث.

أسرع سام ليقول متلهفًا بسذاجة: ـ لكن أخبرني ماذا عن رفيقته المثيرة؟ فضحك كوهين، وقال:

ـ يا لك من أحمق ضعيف تجاه الجنس الآخر.

اختال سام في نفسه، وقال:ـ ربما أحببت أن أرافق فتاة صديقي القديم وربما تكون أنت المسؤول عن ترتيب ذلك اللقاء. ثم أسند رأسه إلى كرسيه، وأشعل سيجارًا فاخرًا، وقال: ـ لقد قطعنا الصفقة ومنعنا الخطر قبل وقوعه إن هذه القنبلة الكهرومغناطيسية القذرة تماثل في تأثيرها ومضة شمسية ينتج عنها موجات صدمة ذات جهد هائل يكفي لتدمير الموصلات الكهربائية والدارات الإلكترونية والأقمار الصناعية ما يعني قطع كل الاتصالات في وقتٍ قصير جدًا ربما لا يتعدى عشرات من النانو ثانية إذا ما أطلقت من طائرة فوق الغلاف الجوي لإسرائيل.

شعر كوهين بالهلع، فأسرع قائلا :ـ وهذا أخطر ما في الأمر من الجيد أننا أقنعناه بخطورة بقائه في جنوب إفريقيا قبل أن يذهب إليه شاب أسود ويصيبه إصابة طفيفة وبعدها صعد إليه رجل من مخابرات جنوب إفريقيا وألقى بسلاحه على الأرض لطمأنته وأبلغه أن حزب الله علم بتورطه في عمالته معنا بينما وصلتهم معلومات عن العملية وأبلغه بأنهم رصدوا مبلغًا ماليًا كبيرًا لمن يأتي برأسه.

عقّب سام قائلا :ـ كان تجنيده في قلب الحركة الإسلامية هناك عملًا عظيمًا بعد أن نصحنا بذلك ضباطٌ سريون من جهاز الاستخبارات الوطني في جنوب

إفريقيا كان من الذكاء استباق الحركة وزرع العملاء خلالها. فقال كوهين :ـ لا تنس أنهم كانوا يمتلكون برنامجًا وأسلحة ومتطوعين كثر من مسلمي البلاد وما لبث أن أرسلنا للسلطات برغبتنا السماح لهم بإنشاء معسكرٍ خاصٍّ بهم تحت غطاء تعليم المجتمع المسلم المهارات الأساسية للبنادق فألقوا في طريقهم كل دعم. وقال سام :ـ وبالطبع اندفع عملاء حزب الله للمبادرة بتمويلهم بالسلاح المطلوب عمل موفق وصائب للغاية يا صديقي وفي الوقت المناسب تمامًا أمرناه بالانشقاق عنها مع قيادات أخرى رفيعة في محاولة لتفكيكها من الداخل وإعادة توجيه برنامجها الخاص لصالحنا.

كنت حاضرًا في سيارتي بالقرب من موقع معسكرهم بينما أراقب عن كثب نجاح محاولة الانشقاق.

احرق وجهه وصارت تلاحقه عدة قضايا لا ينبغي لها إلّا أن تبقى مجرد تسريبات على السطح تغشى تحتها الحقيقة ولا أظن أن رأس ذاك الأحمق ينبغي أن يدفع فيها كل هذا المال لكن على كل حال يجب أن يكون ذلك الرصيد من نصيبنا هل تفهم ما أقول؟

أفهم وأعدكبأنه لن يهدأ لي بال إلا عندما أعثر على ذاك الوغد الذي سطا على الحقيبة.

***

صعد الأصدقاء الثلاثة على متن الأميرة الكبرى والتي كانت راسية بمرفأ ميامي الجنوبي. وباتصالها على مقر الشركة علمت آنا بأن سام سينطلق بعد يومين في رحلة بحرية طويلة عبر المحيط الأطلسي والبحر المتوسط، عبورًا بمضيق جبل طارق، ثم مرورًا بجزيرة مالطا حتى ميناء الإسكندرية، ومنه إلى ميناء أشدود قبل محطتها الأخيرة بميناء دبي. ولقد حصلوا على غرف بدون بلكون بالطابق الثاني عند مؤخرة المنتجع العائم المكون من ثلاثة عشر طابقًا، بالإضافة إلى السطح وبه جناح سام الخاص كما في مخطط السفينة الموضوع على الطاولة. بعدما قام فريق السفينة بفحصها والتأكد من جاهزيتها للإبحار انطلقت صافرتها لتأذن بالإقلاع في الوقت المحدد لها. وكانت قد تواترت في الصحف أخبار عن نية الكاتب البريطاني ويليام روبرت بتفجير قضية كبرى والإقدام متجرئا على نشر المذكرات الخطيرة التي أودعها مكسيم لديه، ومما قد جاء فيها:

بالعام 1992م كان يلتسن على قمة السلطة في شهره الخامس عشر، حيث البلاد في حالة فوضى والمافيا تعيث فسادًا. لكن أقوى دليل حتى ذلك الوقت على وجود الزئبق الأحمر خرج من أروقة الكرملين. كان ذلك هو التقرير الذي

أعده المدير الأعلى لجهاز الاستخبارت الروسية، حيث سجل خلاله التطبيقات العسكرية للزئبق الأحمر. كنت حينها قد تسلمت لتوي عملي الجديد بمركز دوجنا للأبحاث النووية، والذي شهد التجارب الأولى لتصنيعه. كانت تلك الوظيفة الجديدة تقديرًا واستغلالًا للخبرة الواسعة التي حصلت عليها في الستينيات خلال مشاركتي في تصنيع القنبلة النووية البريطانية. وجاءت أهم اكتشافاتي بعد أبحاث طويلة لم أعرف خلالها راحة البال؛ باستنتاج مفاده أنه من الممكن جدًّا استخدام الزئبق الأحمر في سلاح نووي ينتج نبضات كهرومغناطيسية حيث يسمح للمصمم بتخفيض حجمه إلى حجم قلم جاف مزود بشيفرة لامتصاص موجات الرادار. وإنه يساعد بشكل رئيسي على استخدام كمية أقل من البلوتونيوم المشع لبدء انشطار نووي يولد موجات إشعاعية كثيفة محمَّلة بملايين الفوتونات ذات طاقة عالية بسرعة ثلاثمائة ألف كيلو متر في الثانية، وعند اصطدامها بالغلاف الجوي تنتج تيارًا كهربائيًا مترددًا يخلق مجالًا مغناطيسيًا يمكن في غمضة عين يمكنه تحويل كل المعدات التكنولوجية والإلكترونية إلى كومة خردة لا جدوى لها. وإن لم يكن ذلك نتيجة حرب نووية وشيكة فسيكون من عاصفة شمسية متوقعة تضرب الأرض يمكنها إعادة البشرية مئتي عام إلى الوراء في جزء من الثانية، وهذا أخطر على الحضارة الإنسانية المعاصرة من التغير المناخي. لقد اتضح لي بما لا يدع مجالا للشك بأن ثمة وجود لمسحوق أبيض اسمه أكسيد الزئبق الإسمدي، وهذا المسحوق الذي رأيته بأم عيني يُذاب بطريقة ما، قلائل للغاية في العالم حتى الآن الذين يعرفونها مثلما أعرفها، ما يجعله يتحول إلى سائل كثيف يعرف باسم الزئبق الأحمر. وواحدة من أهم القوانين في هذا المجال قائلة بأنه إذا أردت تركيب أسلحة نووية في رؤوس صواريخ عابرة للقارات فإن الحجم والوزن مسألتان حاسمتان؛ ولهذا ربما يوفر الزئبق الأحمر ميزة تفوق الخيال. ولا أنسى يوم خرجت التسريبات إلى الجدل عبر بعض الصحف، وأتذكر التضليل الذي مارسه المسئولون وقتها عندما أخبروا رجال الصحافة بأن روسيا مهتمة بالزئبق الأحمر لاستخدامه في مجال العقاقير، وتصديرها إلى الشرق الأوسط الذي كان في أمس الحاجة إلى امتلاك الدواء.

كنتُ أعلم بأمر بعض تجار أكسيد الزئبق الذين كانوا يتواعدون في إحدى محطات المترو بوسط العاصمة موسكو. إنهم يتعاملون فيها بالجرام ويعرضونها للبيع بملايين الدولارات، ويعرفون أنها أقصى حلم لأعداء إسرائيل. ولقد أبلغت بحسن نية المخابرات الروسية في ذلك؛ لأن وصوله إلى بعض دول العالم الثالث بحسب ما أخبروني حينها قد يمثل تهديدًا قوميًّا كبيرًا لروسيا. فقد أسهمت في صناعة قنبلة نووية في حجم غطاء قلم جاف، في حين يبيع أولئك التجار الزئبق

في السوق السوداء حيث يصل ثمن الجرام الواحد منه أكثر من مائة وخمسين ألف دولار أمريكيّ، أي ما يكفي لإفناء مدينة كبرى كموسكو مع الاحتفاظ بالأبنية والمرافق. لكن ما حدث معي بعد ذلك كان مفاجأة مذهلة. فقد استُدعِيتُ لمقر المخابرات وعلمت بإقالتي من منصبي، والأدهى الحكم عليَّ بالسجن عقدًا كاملًا بتهمة إفشاء أسرار قومية. كان ذلك بعد أن سربتُ صورًا إلى صحيفة محلية من زئبق أحمر مسروق من مفاعل نووي في مدينة إيكاترينبرغ، والتي كانت مغلقة تمامًا في وجه الجميع، مع ذلك زرتها لاحقًا عندما كنت أعلم أن خلف الأشجار الضخمة يقبع مفاعل مهول يصنِّع الأسلحة البيولوجية والنووية الخطيرة. وبعد خروجي من المعتقل منحت وظيفة جديدة بالمكتبة القومية، حيث مضيت دهرًا أبحث في الظل بعيدًا عن الأنظار.

ربما يكون لدينا أسرار حقيقية عن لغز التحنيط في الحضارة المصرية القديمة، والذي حيَّر العلماء سنين طوال، وعلى الرغم من أن المصريين القدماء لم يكتبوا في أي بردية المواد التي تستخدم بالضبط إلّا أن علماءنا الروس باتوا على مقربة أنامل من الحقيقة التي يراد لها أن تظل أسطورة خيالية كما يروج لهذا الأمريكان الذين يقولون إن الزئبق الأحمر خدعة من جانب ومن جانب آخر لديهم قسم خاص في وزارة الطاقة يجمع المعلومات عنه. ونحن نعلم كل المراحل والخطوات الخاصة بالتحنيط، حيث هنالك إحدى عشرة خطوة متصلة، لكن المادة التي وضِعت بداخل الجسم لتحافظ عليه على مدى الدهر غير معروفة على وجه التحديد. سبقنا الأمريكان في ذلك عندما كانت إحدى الشركات تعمل على الدعاية لمنتج ادعوا أنه اللغز، وقد أعلنت تلك الشركة في أريزونا عن عرضٍ بمائتي دولار لمن يرغب في التحنيط، لكن لا نحن ولا أولئك بكل تأكيد يمكننا أن نصل إلى إبداع المصري القديم وسرّه الذي احتفظ به لنفسه، مع ذلك كنت أمتلك سرًّا خطيرًا أكبر، وكنت أعلم أن عاقبة إفشائه الموت؛ لذا كان من المحتوم إبعادي حتى أنسى سر التركيبة التي تحول المسحوق إلى سائل كثيف بلون دم الغزال. فقد يراد الترويج لأن تلك المادة للنصب أكثر منها مادة حقيقية، لكن وحدي وقلة آخرين من يوقنون تمام اليقين بأنها حقيقة راسخة.

الفصل الخامس

قام الإمبراطور الروماني قسطنطين الكبير بنقل جثمان القديسة صوفيا من أهالي منف القديمة إلى القسطنطينية حيث أمر بتشييد كاتدرائية كبرى باسمها. وُلدت صوفيا في القرن الثاني الميلادي من أبوين غير مسيحيين لكنها آمنت بالمسيحية، وعُمِّدت على يد أسقف منف. أخبر البعض بأمرها إلى الوالي في عهد الإمبراطور هادريان فأمر بإحضارها. لمَّا أقرَّت بإيمانها وعدها بالغنى، ولمَّا رفضت إغراءاته توعدها بالقتل، ولمَّا لم ترضخ له أمر بتعذيبها بعذابات أليمة، فقبضت على الإيمان وهي تصيح:ـ أنا مسيحية. فأمر بقطع لسانها ثم ألقاها في السجن. حاول إغراءها مرة أخرى ولكنها تمسَّكت بما تعتقد، فأمر بقطع رأسها. ومع بداية انحسار موجة الاضطهاد المسيحي أصدر قسطنطين الكبير مرسوم ميلان سنة ثلاثمائة وثلاث عشرة من الميلاد. ودارت عجلة التاريخ لتبدأ الأغلبية المسيحية في الإمبراطورية في اضطهاد الأقلية الوثنية، حتى أن البطريرك ثيوفيلس نفسه قاد عامة الإسكندرية لتحطيم تمثال سيرابيس. بدا مرسوم ميلان أول الأمر أنه ثمرة تضحيات أرواح الشهداء، لكن ما حدث في الواقع كان يؤرخ لحقبة جديدة من الدماء والصراع على أرض الإمبراطورية التي وجدت في إعلان المسيحية دينها الرسمي الوسيلة الوحيدة لاستعادة هيبتها ولو بشكل صوري. مع ذلك فالسلام لم يحل على هِرَقْليون حتى ظهر أول صراع جديد يمسُّ العقيدة المسيحية ذاتها. ربما كان مهمًّا أن يتحول الصراع من مسيحي وثني إلى مسيحي مسيحي، فعندئذ يهرع الجميع إلى الإمبراطور العظيم ليفصل بينهم، وتلك صارت عقيدة الإمبراطورية الجديدة القائمة على مبدأ فرق كي تسد.

ظهرت أول ملامح تلك الفُرقة عندما أعلن الكاهن آريوس تمرده على البابا ألكسندروس بطريرك الإسكندرية. خرج آريوس بإيمان جديد ادعى فيه بأن الابن ليس إلهًا؛ لأن لاهوته مكتسب وغير أزلى. فكتب البابا ألكسندروس إلى قسطنطين الكبير يطلب منه عقد مجمع مسكوني للبت في هذه البدعة. وافق قسطنطين وأرسل منشورًا لجميع الأساقفة في المملكة ليستدعيهم في مدينة نيقية، حيث اعتُمِد قرار بألوهية السيد المسيح، ونزوله ليصلب تكفيرًا عن خطيئة البشر، كما كان يتوافق مع هوى الإمبراطور المتأثر بالمعتقدات الوثنية. وأمر بنفي آريوس وحرق كتبه وإعدام كل من يتستر عليها. بذلك نمت البذرة الخصبة الأولى للاضطهاد والتعصب المذهبي والرأي الأوحد، فكان مصير كل من يخالف قرارات المجامع المسكونية المقدسة إما هرطقته أو نفيه أو إعدامه لوأد فتنته؛ ليبقى هنالك فكرٌ واحدٌ مقدسٌ لا ينبغي لأحد أن يخالفه. وفيما يبدو أن دافع قسطنطين الحقيقي للاعتراف

بالمسيحية كديانة ناشئة هو تثبيت أركان مملكته الممزقة بفعل الصراعات المتعاقبة.

في أول عهد هِرَقْليون كانت تسمى ثونيس حيث حضر إليها التجّار، والمرتزقة اليونانيون، وقد كانت الميناء الرئيسي الذي يسيطر على المدخل الغربي لمصر في منطقة مأهولة بالسكان عند مصب الفرع الكانوبي للنيل. سُمح لليونانيين بالاستقرار في المدينة خلال أواخر الدولة المصرية القديمة، فقاموا ببناء ملاجئهم الخاصة قرب صرحها الكبير، وقدَّسوها، واعتقدوا أن هرقل زارها فنسبوها إليه، وذكروها في قصصهم على أنها المدينة التي هرب إليها باريس مع هيلين على إثر ذلك اشتعلت الحرب بين أسبرطة وطروادة. كانت المدينة موزعة على عدة جزر تتداخلها قنوات فيما كانت تجمع فيها الجمارك على الذهب، والفضة، والأخشاب، وجميع البضائع القادمة عبر بحر الإغريق، ولقد ازدهرت على شتى الأصعدة والنواحي في عهد البطالمة، فكانت مركزًا تجاريًا متعدد الأنشطة، مع ذلك خفت تأثيرها قليلًا في عهد الرومانيين. وفي أواخر القرن الرابع الميلادي، بدأت الإمبراطورية الرومانية في التداعي من جديد، لكن هِرَقْليون كانت ما تزال تحتفظ ببعض سحرها القديم، حين صارت العبادة الوثنية تتعايش مع تلك اليهودية، ومع ديانة كانت منذ وقت قصير محظورة، إنها الديانة المسيحية الناشئة.

رأيت أني بداخل صندوقٍ للتاريخ كصندوق الدنيا ولكن لا يُضاهى ولا مثيل له. رأيت فيه مشاهدَ افتراضيةً تترى أمام ناظري كما لو كانت تتسابق في زمنٍ أقصاه عشر دقائق. خلالها رأيت هِرَقْليون تفوح منها رائحة الدم القميء من كل ركن فيها. شاهدتُ أشلاءً بشرية مقطعة، ورؤوسًا مفصولة بأعين بيضاء جاحظة ملقاة في قارعة الطرق، وسيوفًا تصطك وتصطرخ، وجثثًا تكومت فوق بعضها البعض تتصاعد منها ألسنة اللهب وتفوح منها رائحة نتنة لا تُطاق. ورأيت رجالًا ذوي سترات سوداء يحومون في كل مكان حاملين فوق أكتافهم الجثث ليرموها في المحرقة. رأيتُهم هنالك في وسط المدينة يصيحون باسم الرب وأيديهم قابضة على العصي والسيوف والخناجر. نساءٌ وأطفالٌ ينتحبون في هلع ويركضون هربًا، فإذا بالرجال يطاردونهم ويجتزون أعناقهم من الخلف بضربات قاصمة، ثم يصيحون بالمجد ليسوع. ظننت أن الأرض لا تتشرب الدماء، لكنها كانت تفعل وتطلب المزيد، بحورًا وسيولًا تفيض بلا انقطاع. رأيت وسمعت خلال كل هذا اسم الله يصدحون به بوسط الدماء مع كل بترة رأس وطعنة خنجر. كان الرجال يمجدون ربهم فكان يسوع حاضرًا باسمه، وكاد الأسى يمزقني ويقتلني ألف مرة في الثانية الواحدة، لكن ما عساي أن أفعل؟ وهل يمكنني أن أفعل أكثر من يسوع نفسه الذي

لم ينفك يدعو إلى السلام والرحمة والتسامح والمحبة، ورغم ذلك لا تزال الأرض ترتوي بالدماء. إنها بشعة وملعونة، بدأت بالدم ولن تنتهي إلا بالدم.

كنت ذاهبةً إلى مجلس الاجتماعات الكبرى بمكان ما بعيدًا عن شاطئ البحر، بعد انتهاء قداس الأحد. كان رجالات الدين يجتمعون بوالي المدينة الذي جلس منتفخًا في كرسيه الضخم العالي ذي التمثالين الفخاريين لأسدين صاغرين في خنوع، وأحاط به من على يمينه وعلى يساره مستشاران حاذقان نبيلان من علية القوم. تمعنت في وجه الوالي ذي الثياب الذهبية الفاخرة، فإذا به ينمُّ عن وجه كوجه سام وهو مفعم بالغضب، ثم فجأة انقشع الهرج الصارخ بالقاعة عندما ضرب الوالي بالمطرقة فأصدرت صخبًا مدويًّا، وقال: ـ كفي.

صدح صوت رجل بعباءة بيضاء طويلة، ممسكًا بعصا ذات طرف ذهبي مسنن، وقد احتشد حوله طائفة من رجال المعبد الذين كانت لهم هيبتهم في هِرَقْليون، ومخاطبًا فيهم قال:

ـ الرب أبانا سيد الكون مهد كل الأشياء القوة الأزلية بداية كل شيء ونهايته أيها الجبابرة سيرابيس إيزيس حوريس أنوبيس وكل الآلهة التي تحمينا سواء في الأرض أو في السماء.

فأمَّن خلفه رجال من جماعته. ثم صاح أسقف المدينة منددًا بوجود الرجال الوثنيين في الاجتماع وبآلهتكم الحقيرة. فرد عليه كبير الكهنة قائلا: ـ آلهتنا ليست بحقيرة. اشتد الصياح في القاعة، وأردف الأسقف آمرًا إياهم بالخروج. ولمَّا بلغ اللغط ذروته خطب الوالي قائلًا: ـ سبق وأن حكم الإمبراطور بالإعفاء عن الوثنيين المحاصرين وإطلاق سراحهم ومقابل سخائه فإن الثوار قد غادروا هِرَقْليون تحت حماية القوات الملكية فيما سُمح للمسيحيين بالدخول واستعمال المنشآت كما يحلو لهم ومذ ذلك التاريخ والعبادات المسيحية واليهودية فقط هي المسموح بها أما التضحيات الوثنية وحتى دخولكم لمعابدكم القديمة ممنوع تمامًا وبعد هذا القرار عاشت هِرَقْليون في سلام وأنتم تريدون للصراعات أن تدب في جسد الولاية من جديد لتقوم القيامة لذا آمركم بالإذعان والخروج فورًا من القاعة.

صاح المسيحيون: ـ هللوليا هللوليا. بعدئذ خطب الأسقف قائلًا: ـ يسوع ربنا سيحاكمنا جميعًا سواء أحياء أو أموات وعندئذ سيفوت الأوان لأن فقط من يؤمنون به ينجون ما الذي تنتظرونه؟ ملكوت الله قريب منا. فصاحوا مجددًا قائلين : ـ الله معنا الله معنا. نهض زعيم اليهود غاضبًا، وقال في صراخ هادر: ـ لكن فقط المسيحيون من يسمح لهم بحرية العبادة إنه استفزاز غير مقبول. فصاحت جماعة المسيحيين يقولون مردّدين : ـ اللعنة على اليهود. فقال الوالي باسترخاء : ـ صديقي لتهدأ وتدع الأسقف يدافع عن نفسه. فأردف الأسقف قائلًا : ـ أيها الوالي إن هِرَقْليون

غير منتظمة جرَاء تواجد شرذمة من اليهود وإن رهابنتنا المباركين الذين قدحهم الحاخام يكرسون أنفسهم لنقل المشلولين والمرضى. فردَّ الحاخام عليه قائلًا: ـ إنهم يحملون الحجارة وسبق لهم أن رجمونا بها واعين بأننا لن ندافع عن أنفسنا يوم السبت. فهاجمه الأسقف بقوله: ـ في يوم السبت حريٌّ بكم تكريم الله في معابدكم عوض إنعام أنفسكم بالرقص وتناول الحلويات لهذا تنهال عليكم. انفعل الحاخام فقال: ـ أيها الوالي إنه يهددنا من جديد. فعلَّق الوالي قائلًا:ـ نحن إخوة. لكن الحاخام صرخ قائلًا:ـ أين كنتم ستكونون بينما يسوع كان يهوديًّا؟ نظر الأسقف إلى الوالي قائلًا: ـ أيها الوالي أينطلي عليك مكرهم؟ ثم صاح خاطبًا فيهم بقوله :ـ الآن أقول لكم لا تأسوا أكثر على قتلاكم لا تبكوا بل وفروا دموعكم لجلّاديكم لمن يرددون كتابًا مقدسًا لا يفهمونه.

كنت أتابع عن كثب حتى اقتحمتُ القاعة، ووقفت أمام الوالي قائلة: ـ حضرة الوالي يجب أن تعتقل الجاني. فأجاب أحد المستشارين: ـ ما يضع والينا في مأزق أنه مسيحي. فقلت للوالي:ـأتفهم لكن إذا اخترت بألا تعمل شيئًا أعتقد بأن الأسقف سيواصل القيام بالأمر نفسه مرارًا. ثم أدرتُ وجهي للأسقف قائلة: ـ هل يأمرك الله بذلك؟ فأجابها الأسقف قائلًا: ـ أجل يخبرني. فقلت له: ـ نحن هنا كي نتحدث عن السلام وإنقاذ الآلاف من الهلاك. نظر إليها الأسقف في شزر وهو يقول :ـ ولمَ لا تطهرين نفسك وتؤمنين بالمسيح حتى يحل السلام؟ فأجبته قائلة :ـ أنا أؤمن بالخالق الحق الذي وهبنا الحكمة وفهَّمنا قوانين الأحياء والطبيعة أنت متسيء إلى الله بتحريف كلماته وانتقائها حسب أهوائكَ وأغراضكَ. نظر الأسقف إلى الوالي وقال مُعنِّفًا:ـ هل أنت راضٍ عما تسمع؟ أجابه الوالي بتضرع قائلا: يا نيافة الأسقف ليكن صدركَ أرحب من ذلك. ثم نظرت إليهم وخطبت فيهم قائلة:ـ لماذا تريدون إرغامي على الإيمان بكم وأنا لا أرى منكم سوى التحريض على العنف وسفك دماء بعضكم البعض بدون وجه حق؟ لماذا ترغبون بأن أخرَّ راكعة لكتاب تقولون إنه جاء بالمحبة وتفعلون عكس ما يقول؟ لماذا تريدون أن أقرَّ بصدقكم وأنتم تنافقون وتخادعون ولا تجلبون للمدينة سوى الخراب والدمار؟ لماذا ينبغي أن أشارككم الدماء؟ كي أكون مؤمنة حقًّا؟ كلا لن أفعل ولا ينبغي أن أفعل غير ما أراه صوابا.

ماجت القاعة في هرج ومرج في حين صاح المسيحيون قائلين :ـ ساحرة آفاقة مُدَّعية الحكمة اقتلوها. مال أحد المستشارينِ إلى الوالي قائلًا :ـ ستنشب فتنة جديدة فلتطردها. لكن الأسقف هتف قائلًا:ـ أيها الوالي إن تلك الساقطة تجهر بكفرها احكم عليها بالقتل وإلا فإنني من سيقتلها بيده. حاول الوالي نزع فتيل الثورة،

وترجَّاهم أن يهدأوا، لكن الأسقف استمر في عناده، وصاح في جماعته قائلًا :ـ أيها المسيحيون ماذا تريدون؟ فهتفوا بقتلها.

عمت الفوضى وخرجت الأمور عن السيطرة بينما يهبطون من فوقي ليفتكوا بي، فيما راح آخرون يرجمونني بالحجارة. ثم التفَّ حولي عشرات منهم يصرخون ببعض قائلين: ـ جردوها من ملابسها. وبلا رحمة طفقوا ينزعون عني ملابسي، ثم صفعني أحدهم بكف يده، فأتبعه آخرٌ وهو يقول في غياب للعقل :ـ لكم تملكون من السكاكين؟ كانت وجوههم كوحوش برية يقطر الدم من أنيابها، فصرخت بيقين وثبات فائقين قائلة: ـ أنا لست كافرة أنا أؤمن بالخالق المبدع الذي صوَّر هذا الكون أنا أبحث عن الله بالعلم ولفائف المخطوطات وأنتم تدَّعون معرفتكم به بالجهل والتعصب. ثم بدأوا يقذفونني بالحجارة القوية في بهجة مفرطة كشيطانة رجيمة. ناديت بهم في محبة آملة أن يتوقفوا دونما أن تدمع عيناي قطرة واحدة، بينما الحجارة تطعن بعظمي الواهن فتشرخه، لأجد نفسي أصرخ بقوة والدماء تغسل جسدي قائلة:ـ إنكم بما تفعلونه معي تزرعون بذور الفتنة بأثناء ما أضحِّي بشبابي أحارب الجهل وأنشر السلام وأدعو للمحبة والتسامح توشك الأرض أن تصرخ في وجوهكم العنصرية القميئة توشك هِرَقْليون أن تغرق بكم إذ ترديتم في بئر الكراهية فما لكم من خلاص في حين دمي لن تشربه الأرض وروحي لن تضيع هدرًا دمي سيبقى لعنةً تلاحقكم عبر التاريخ.

لقد رأيتُ الموت، وكنتُ على وشك أن أنزف حتى أنفاسي الأخيرة، لكني نجوت في أخر لحظة، نعم نجوتُ، ومع ذلك سأظل أبكي ما حييت من هول ما رأيت.

***

بعد عدة ليالٍ رست السفينة قبالة جزيرة مالطا لتستقبل مزيدا من المسافرين الجدد الراغبين في تمضية العطلة. في تلك الليلة كان الركاب الذين انتهت بهم الرحلة في مواجهة يوم سيئ؛ بسبب العواصف الثلجية على اليابسة. لذا فإن أولئك الذين يفترض بهم أن ينزلوا لن يتمكنوا من مغادرة المرفأ بينما معظم الطرقات مغلقة. اضطروا لقضاء ليلة أخيرة إضافية على متن السفينة التي غدت تفيض بالركاب من كل جنباتها. وليلتها استعد الجميع للحفل الحاشد الأخير قبل الوصول إلى ميناء الإسكندرية، وانضم إليهم المسافرون الجدد، والمحبطون الذين لم يتسن لهم المغادرة، فكان يتوقع للحفل أن يعج بالجماهير. اتخذ الأصدقاء الثلاثة أماكن مناسبة في مقاعد أمامية بداخل المسرح الكبير في وقت متقدم؛ وبدأت الجماهير الغفيرة من الركاب تتوافد على المسرح لتتخذ مقاعدها. ابتدأ الحفل بعرض سيرك

خاص، يؤديه خبراء ذوو مهارات عالية، وهم مدربون جيدًا على مثل تلك الألعاب البهلوانية الخطيرة والخدع البصرية الجريئة. وفيما بعد ذلك كانوا على موعد مع حفل غنائي أحيته مغنية بإطلالة أميرة ديزني الصفراء.

مع بداية الحفل لاحظوا سام يتقدم إلى الصفوف الأمامية برفقة زوجته، وبصحبة كوهين وحرمه وقد جلسوا بمقاعدهم المخصصة على مقربة منهم. رفع الستار وانطفأت الأنوار لتظهر المغنية على المسرح وسط تصفيق حار. وبمنتصف الحفل رأت آنا سام ينهض عابرًا الممر إلى الخارج على وجل. قالت آنا: ـ سألحق به. فتعجبت كارمن قائلة: ـ هل سترتدين قناعًا جديدًا هذه المرة؟ ابتسمت آنا وقالت: ـ كلنا نرتدي أقنعة بشكلٍ أو بآخر. فعلَّق يحيى قائلًا: ـ لكني أخشى عليكِ هذه المرة أن ينكشف أمركِ. فأجابته بثقة إذ تقول: ـ إنه مغفل يغوى النساء ويضعف تجاههن ولا يمكنه كشفي. ثم انصرفت على الفور.

اقتفت آنا أثره في حين توجه إلى بار المطعم الذهبي. ذهبت وراءه للحصول على بعض الفودكا، ووقفت إلى جواره بينما كان منشغلًا بمكالمة هاتفية وهو يحتسي كأس ويسكي مع بضعة أنفاس من سيجارة. امتلئت بالإصرار لمَّا رأت القلادة تلمع فوق صدر شديد الحمرة بينما يرتدي قميصًا صيفيًّا أبيض منفتحًا إلى منتصفه. وبمجرد انتهائه نظرت إليه آنا بابتسامة متألقة وقالت: ـ أحب ذلك النوع من الرجال الهرمين ذوي البشرة الموردة الوسيمة. قهقه سام بصوت عال وقال: ـ وأنا أعشق ذلك النوع من النساء ذوات الخصر المتدلي المثير. فأردفت تقول: ـ تبدو ثملًا وجذابًا هل تسمح لي بأن أحتسي معك الفودكا على شرفك؟ بدا سام متحمسًا حين قال: ـ أوه قطعا على الرحب والسعة.

اجتذبا لدقائق أطراف الحديث بينما آنا تعرفه على نفسها وقد اصطنعت لها شخصية وهمية لتلفت انتباهه.

ـ لا تروق لي كثيرًا الحفلات الغنائية التقليدية أرغب أن أقضي معك سهرةً خاصة في جناحك فهل تمانع؟

قالتها آنا ذلك وهي تداعبه. تجشأ سام في حين كان يتمطع، ويقول: ـ بالطبع لن أمانع يا صاحبة الخصر المنحني. ثم مد يده حول خصرها وهو يساعدها على النهوض، واصطحبها معه. وضع سام رأسه على صدرها بينما يتنشَّق ريحها قائلًا: ـ إنني أشتمُ فيك رائحةً قويةً ومثيرة أشعر كما لو كانت ليست غريبة علي وكأنني قد قابلتك من قبل. فضحكت قائلة:

ـ النساء أغلبهن روائحهن متشابهة لكنك تبدو دنجوان لا تفوِّت الفرصة على نفسك لقضاء سهرة مثيرة مع إحداهن إن أعجبتك.

استمر سام في ضحكه العالي وقال :ـ يا لكِ من حورية ذكية ولمَ علي تفويت فرصة كهذه مع أجمل فتاة على متن السفينة. قالت آنا بخجل: ـ هذا إطراء بليغ منك. فردَّ سام بينما يقبِّلها من عنقها قائلا: ـ فتاتي ليست مداعبة بقدر ما هي حقيقة إنكِ حقًا مثيرة. وفي ساعة متأخرة وجدته غرق بانهماك في نوم عميق. لم تسع لإيقاظه فانتظرت لدقيقة قبل أن تنجح أخيرًا في خلع القلادة من رقبته، ثم ارتدت ملابسها وخرجت بهدوء تام. ركضت آنا عائدةً إلى الحفل الذي كان يوشك على نهايته. صاحت كارمن مندهشة بينما تعانقها:

ـ يا إلهي يحيى انظر إنها القلادة لقد فعلتها آنا يا لكِ من مخططة بارعة.

ثم عقَّبت قائلة :ـ صديقتي هل كان ذلك يسيرًا؟ اقشعرَّ جسد آنا قليلًا بينما تقول وعيناها منزويتان بعيدًا: ـ بل كان له ثمن وأيًا يكن ذاك الثمن لن يكون أغلى من رد الأمانة إلى أصحابها. وفي مكان منزوٍ أردفت قائلة :ـ هذه المرة تخوضين أنت في تلك التجربة المثيرة لتكتشفي تمامًا ما اكتشفت. لم تستطع كارمن كبح شغفها وتشوُّقِها الجامح، فرفعت القلادة حول عنقها، ثم قالت: ـ ها هل لا تزالان تريانني؟

ـ لا لا ليس بعد.

قالتها آنا ضاحكةً في حين تخرج مرآة مصقولة من حقيبتها، فوضعتها أمام وجهها لتطلق لها العنان إيذانًا ببدء جولتها المثيرة للسفر عبر الزمن إلى عهد بائد من التاريخ، وربما عليهما الانتظار حتى تعود منه لتروي لهما ما حدث معها بالضبط.

***

في صباح اليوم التالي انحصرت العاصفة الثلجية؛ لذا غادر المسافرون العالقون السفينة. الطاقم بأكمله على استعداد للعمل، فيما يستمتع الركاب بالاسترخاء في صباح باكر، ثم انطلقت من جديد لتبحر في مياه جديدة. ومع بداية البرنامج بدأ طاقمها العمل على مدار الساعة؛ لمواجهة أية تأثيرات طارئة للطقس السيئ. وبعد ثلاثة أيام كانت السفينة تقترب من سواحل مدينة الإسكندرية. وبانتصاف الظهر كانت الرحلة على موعد لأن تتحول إلى كابوس. استدعي طاقم الباخرة للبحث في شكوى عن وجود ضجة غريبة ظن البعض بأنها الضجة الاعتيادية التي تصدر من الغرفة المسكونة كل ليلة منذ أن توفي فيها أحد المسافرين قبل ذلك. لكن المفاجأة أنهم اكتشفوا رجلًا ملقى على الأرض في حالة إعياء شديد. اتصل الضباط على متن السفينة بخفر السواحل لإنذارهم بوجود مشكلة طارئة.

صاح مساعد القبطان عبر اللاسلكي قائلا :ـ لدينا عدة ركاب في حالة خطرة هنا على متن السفينة حوِّل نحتاج إلى المساعدة السريعة في إخلاء بعض المرضى للاستشفاء على اليابسة حوِّل الحالات حرجة للغاية برجاء سرعة الإغاثة.

تسلل وباء كورونا إلى الركاب عبر المسافرين الجدد، وهرعوا إلى سام ليبلغوه بأن الأمور قد تسوء وتتدهور بشكل سريع، فقد ظهرت علامات الحمى والسعال الجاف على العديدين. فيما أمر قبطانها جميع الركاب بالتزام غرفهم إجباريًا وعدم الخروج منها لأي ظرف. بدأ بإرسال إشارات إلى ميناء ميامي يبلغهم فيها بأن الوباء يتفشى على متن السفينة في حين أن باخرة الأميرة الكبرى تعمل بحسب القانون الأمريكي ما يعني أنها حالما حدث عنف أو وفاة لشخص يعالج وفقًا له. وفي الأثناء كان سام قد اكتشف أمر اختفاء القلادة في ليلة الحفل، فثارت ثائرته، وجن جنونه، وصرخ في حراسه قائلا :

ـ تفرقوا الآن ولا تعودوا إلا ومعكم الفتاة الساقطة التي قضيت معها ليلة الأمس.

هرع الحراس مرتدين أقنعة واقية، وانبثوا في جميع أركان السفينة بحثًا عن آنا، في الوقت الذي شعرت فيه بالقلق؛ لذا اضطرت إلى الاختباء بغرفة يحيى وكارمن حيث لم يعد آمنًا أن تبقى في غرفتها. بعدئذ وصلت الأخبار إلى كوهين بأن من سرق حقيبة سام موجودٌ على متن السفينة. فلم ينتظر حتى أخبر سام بتلك الأخبار الجيدة. حينها استقر في عقيدة سام أنه قد وقع في فخ دبره له الأصدقاء الثلاثة، فأعطى فورا أوامره لكل الحراس وطاقم السفينة بأن يذرعوا السفينة بحثًا عن الأوغاد. ثم عاد بعض أفراد الطاقم ليبلغوه بوجود قارب مكتظ باللاجئين على مقربة من السفينة يتعرض أفراده للغرق المحتوم. رفض سام التدخل لنجدتهم، فقط أمرهم بإبلاغ السلطات بأمرهم، ثم صرخ في وجههم قائلًا:

ـ نحن في حالة طوارئ كبرى يا أغبياء لدينا القليل من الوقت للتحرك إن رأيت وجوهكم القميئة بدون القلادة فلن أتردد في إطلاق النار عليكم وإلقائكم بالبحر لتكونوا طعامًا للقروش اغربوا عن وجهي.

وعلى بُعد أقل من ميل بحري واحد من سواحل الإسكندرية وصلت أوامر لقائد السفينة بحظر رسوها، والتوقف في عرض البحر قبل إنزال الركاب المتفشي الوباء وسطهم. عصرًا باشرت السلطات بإرسال مروحيّات إغاثة؛ للقيام بعملية إجلاء جوي للمصابين، ونقلهم إلى قواعد عسكرية أمريكية شرق فلوريدا أعطي لها أوامر سريعة بأن تتحول بشكل طارئ إلى حجر صحي. دوَّت صافرات الإنذار، وكان على فريق الطوارئ إزالة أي شيء عن سطح السفينة يمكن أن يلتقطه الهواء المشتدُّ، ويقذفه نحو شفرات المروحيَّة التي تحوم حول السفينة، فيما

تولى فريقها الاستعداد لعملية الإنزال. بلا شك أن جعل آليَّتين ضخمتين تصبحان على المستوى نفسه في عرض البحر لم يكن سهلًا، والطقس لم يكن مناسبًا. إنها حالة طارئة بالنسبة لباخرة السيد رودريغز التي تُبحر بالقرب من عين إعصار عاتٍ بسرعة شديدة، وبينما الرعب يدبُّ بين الركَّاب إذ كان على الفريق أن يكون مستعدًّا للعمل في حال حدوث اصطدام، وتجنُّب وقوع كارثة.

اتصل كوهين ببسام، وأبلغه أنه بعث بأفراد قوات خاصة للعثور على حقيبته وبداخلها رأس غسَّان الشريف، وقنبلة الزئبق. وعند اقتراب المروحية من السفينة، كان الفريق الطبي قد جهَّز المصابين على سطحها. صاح قائدها قائلًا:

ـ على فريق الطائرة أن يسرع فمع هبوب الرياح العاصفة لن تبقى لنا فرصة للنجاة.

وقفت الطائرة بمحاذاة السفينة، ونزل عنها بالحبال أفراد ملثمون بأقنعة كبيرة تشبه أقنعة الوقاية من الغازات السامة مع سترات طبية أرجوانية. ثم رُفع إليها بعض الأفراد المصابين واحدًا تلو الآخر، وبعدها غادرت بسرعة، لكن قبل أن تختفي ارتفعت فوق سطح البحر مركبةٌ فقَّاعية كبيرة كأنما مختبر متحرك بنوافذ زجاجيَّة شفَّافة، كانت أشبه ما يكون بصحن حساء مقلوب، صُمِّمت لتكون طائرة وسفينة فضاء وغواصة بآن واحد، وهي مزودة بتقنيات متقدمة أكثر تطورًا من أي طائرة عرفها العالم. كان جسدها الأسطواني فضيًا لامعًا، فيما بدا مصنوعًا بكامله من الماغنسيوم الصافي شديد الندرة، أما أجنحتها على شكل حلقة كأقمار المشترى تدور حولها عكس عقرب الساعة. لحظات وحلَّقت مروحية أخرى كبرى من نوع مختلف فوق سطح السفينة، ببطء ظلت تحوم أعلاها في دوَّامة هائلة، ثم حطت بأمان على المهبط. نزل منها أفراد عسكريون من قوات خاصة مقنعين ومعهم كلاب بوليسية. تتبعت القوات حاسة الشم القوية لكلابها المدرَّبة على البحث عن الزئبق الأحمر والتي اقتادتهم إلى مكانه. صرخت كارمن بهستيريا رهيبة عندما هجم العساكر على الغرفة، فهشموا الباب بركلة واحدة. عندها وجدوهم مجتمعين يسيطر عليهم الرعب، فانقضوا عليهم، واعتقلوهم إذ كبَّلوا أياديهم بمنتهى السرعة، وخلال ذلك عثرت الكلاب على الحقيبة التي كانت آنا قد دستها بداخل حوض المرحاض.

دفع الجنود الثلاثةَ بعنف، وأجثوهم إلى ركبة كوهين، وكان قد هرع إلى جناح سام لمباشرة العملية، فانتزع الحقيبة من أيديهم، وانتشل منها القنبلة بخفة، ثم أعادها إليهم فسلموها سام الذي أقبل ضاحكًا، ثم دنا من آنا مشتمًّا رائحتها وهو يقول:

ـ من حسن حظي أن ألتقي بكِ مجددًا يا ذات الخصر المتدلي.

بصقت آنا في وجهه وقالت: ـ حقير. صرخت كارمن قائلة: ـ ماذا تريد منا؟ دعنا وشأننا واترك لنا القلادة أيها المتحايل الأفاق. جذبها سام من ربطة شعرها قائلًا: ـ كارمن يا لك من ساذجة هل تظنين أنه بإمكانك استعادتها؟ قلادة العهد لا ينبغي لها أن تقع بيد شرذمة من العبيد الحثالة والأمميين الأغبياء أما تعلمين أنه من يسيطر على الماضي يسيطر على الحاضر ويتحكم بالمستقبل؟ ما شأنك أنت أيتها البلهاء بتلك الأمور التي تخصنا نحن سادة الكون موهومون حمقى.

استشاط يحيى غضبًا، فركله بقوة في بطنه وقال: ـ قلادة العهد لا ينبغي أن تبقى بيد شرذمة من الأشرار يستغلونها في تضليل البشر وإخضاعهم ستلقى مصيرًا مشؤومًا وجماعتك مزوِّرو الكتاب والتاريخ لن تفلتوا بجريمتكم مهما احتميتم بقوات ستسقطون عمَّا قريب وسنقضي عليكم.

قال سام في حين يلكزه بكل طاقته: ـ إذن لنَر..

ثم أدار لهم ظهره إذ تجلى أمامه فجأة رجل جسيم أجعد أقرب إلى الحمرة، بانَ مرتديًا بذلة أنيقة على شاب عَالِم لكن منحني الظهر فلم يظهر طوله. خلع نظارته السوداء فكانت عينه اليمنى عوراء طافئة كأنها من زجاج واليسرى طافية معيبة. ظهر من العدم وكأنما كان نائمًا بداخل حقل كهرومغناطيسي خفي، وما إن رأوه حتى جحظت أعينهم، ونظروا إلى بعضهم البعض في ذهول، ثم صاحوا بنفسٍ واحد قائلين :

ـ الرئيس الأعظم!

تقدَّم نحوه سام يسلمه الحقيبة، فسار إليه في مشية مقوَّسة يتكئ على رجل، ولم ينتظر حتى فتحها والتقط منها القلادة، ثم دسَّها إلى جيبه، وترك الحقيبة له، ومضى مغادرًا في كنف حرَّاسه، فأتبعه كوهين. صاح سام مبتهجًا وهو يفتش بها ويقول:

ـ تبًّا إنها الرأس اللعينة التي تساوي الكثير لكن أين القنبلة المتفق عليها مع الوغد الخائن؟

ثم التفت وراءه إلى كوهين فوجده يركض، فصاح على رجاله قائلًا :

ـ اسرعوا خلفه بسرعة.

أطلق قائد الصحن الطائر نداءً على الرئيس الأعظم للإسراع قبل الانطلاق والعودة إلى قصر البحر العظيم المشيَّد على جزيرة صغيرة محصَّنة في المحيط شرق ميامي. وجاهد يحيى بإضناء لفلكٍ وثاقه حتى نجح، وفي غفلةٍ من الحرَّاس الذين اندفعوا خلف كوهين أسرع لمساعدة كارمن وآنا، فحلَّهما وسارع خلف الرجل المقوَّس، فلحقه في نفس الطابق إذ رآه وجنده يساعدونه على النزول إلى مركبته الطافية على الماء عبر سلم خاصٍ، فيما لاحظت كارمن أن سام يتجه إلى درج الطوارئ الجانبي ليهبط إلى يخته الراسية إلى جوار السفينة، فهرعت خلفه

بينما تثب آنا إلى السطح باحثة عن كوهين الذي استعد للصعود إلى مروحيته. انشغل الحرّاس كلهم بتبادل إطلاق النار فيما بينهم، فاخترق يحيى الرصاص، وتسلّل بينهم فاجتازهم، وكان رجل يؤمّن هروب رئيسهم الضلّيل قد فتح عليه النار، فاختبأ يحيى، ثم انقضَّ عليه من الخلف فدفعه في الماء، ونزل على السلم. في الأثناء كان سام يهبط سلم الطوارئ ومن خلفه كارمن التي كانت تلاحقه بينما آنا تحاول منع كوهين من الهرب بالقنبلة حتى اقترب من الصعود إلى مروحيته في اللحظة التي كان رجال سام يطاردونه. وقفت آنا ونظرت إلى السماء فوجدته يتدلى ساقطًا من الأعلى وتسقط معه القنبلة، فدوَّى صفير إنذار شديد.

نظر الرئيس الأعظم فرأى عين الإعصار تدنو، فارتفع بعينه إلى يحيى مُوسعًا فيه كأفعى خبيثة، ثم ضحك في صوتٍ كالفحيح وقال :

ـ سيكون طوفان عظيم على البشر لن ينجو أحد.

ثم جذبه من قدمه لِيُسقطه، لكن يحيى شاهد القلادة تنفلت من يده وتُبتلع بفمِّ الماء، فألقى بنفسه خلفها مباشرةً.

استعد قائد اليخت للضغط على محرك الوقود في الثانية التي صرخت فيها آنا على كارمن من الأعلى قائلة :

ـ أسقطي نفسكِ في الماء بسرعة ..

لم تنتهِ حتى أطلق المؤشر صافرةَ الإنذار-الأخير، مُعلنًا انشطار القنبلة النووية نصفين، وإصدار قوة كهرومغناطيسية هائلة، لكن الطبق الطائر انطلق كغيث استدبرته الريح في أجزاءٍ من الثانية قبيل أن تتوقف كل الأجهزة والمحركات، وسقطت الطائرة في الماء، وارتطم الإعصار بالسفينة في شِدَّة فشطرها نصفين، وطغت عليها موجات المدِّ العاتية فأغرقتها.

اندفع يحيى خلف القلادة، ورآها تغوص وتستقر بالقاع فوق إحدى الصخور الضخمة، فدفع بجسده حتى وصل إليها، وبينما يسبح مقتربًا منها إذ يكتشف وجهًا ضخمًا لبشريٍّ بجسد أسد ينظر إليه وسط أطلال مرعبة لِهِرَقْليون تبدو خيالية. انساب لداخلها فكانت المفاجأة لمّا رأى وجوهًا لمنحوتات بشرية ضخمة تحدق إليه. اكتشف مرفأ غارق بأكمله وسط طيف واسع من خزف، وعملات، وآنية، وسلالٍ من خوص كانت لا تزال مليئة بحبّات العنب والدُّوم، ومعابد كاملة، ومراسٍ قديمة، وسفن غارقة، وقرابين جنائزية، ومدافن رهيبة، وعشراتُ التماثيل لعشراتِ البشر يقفون بأجسادهم المتحجرة العارية فوق القاع. وكانت قد تعرضت لهزَّات أرضية متتالية خلال عهدها تسببت بانهيارات أرضية أتت على معبدها الكبير، وجاء فيضان للنيل فغمره بالماء وطمره بكميات هائلة من ترسبات الرمال والطمي، ثم تعرضت المدينة لزلزال كبير تلاه طوفان بموجات مدِّ عاتية

نحو نهاية عصر الإمبراطورية الرومانية ما أدى إلى انهيار جزء كبير من الدلتا تحت سطح البحر، فيما أخذ الانهيار معه هِرَقُليون.

***

كنت أسبح بين التماثيل البشرية الضخمة وسط أزقتها الغارقة. وسمعت كأن أناسا يتحدثون فيما بينهم بلغة لم أعهدها من قبل. دبَّ الفزع في قلبي، فدفعت جسدي نحو السطح بينما ينفد الأكسجين من صدري. ثم أخذتُ أجدِّف بيدي محاولًا الوصول إلى شط قريب، ولديه خرجت إلى اليابسة. ركضت في كل الاتجاهات طالبًا الإغاثة، لكن السكون عظيم في هِرَقُليون كأنها خِربةٌ هجرها الناس. كان السواد يغشى كل شيء أمامي عدا ضوءًا يسيرًا هادرًا في الأفق من ضياء القمر، فكان ضبابه يلوح من بعيد. توقفت قليلًا أمام الشاطئ لألتقط أنفاسي، ثم سرت وقلبي يرتجف بمحاذاة الشط، حتى تخيلت طيفَ إنسِّي، فركضت نحوه مصطرخا عليه بينما يسير بمفرده على شاطئ البحر. عدَوْت تجاهه بسرعة حتى بِثُّ على مسافةٍ قصيرة منه. انتبه لي أخيرًا، فرأيتُ ظلَّه يستدير متلفِّتًا حوله يبحث عن المنادي عليه في جنح الظلام، ولمَّا كنت أقترب منه أكثر ناديت وجلًا، وقلت :ـ أيها الشيخ أنا هنا.

صاح قائلًا:ـ لا أكاد أراك. ثم رفع عصاه، وصار يلوِّحُ بها نحوي. دنوتُ منه فقلت:ـ سلامٌ من الله عليك. فألقى عليَّ التحية قائلا :ـ سلامٌ عليك ما خطبك؟ فأجبته بفزع قائلًا :ـ هلّا يتسع صدركَ لي؟ ابتسم الشيخ، ثم مسح على رأسي قائلًا :ـ بالطبع لكن أولًا أخبرني من أين أنتَ؟ أخفضت رأسي بخجل، ثم قلت :ـ لكني لا أعرف. قال الحكيم متعجبًا :ـ لا عليك دعني أعرف ما اسمك؟ رفعت رأسي في حيرة، وقلت: ـ أيها الشيخ أنا لا أعرف ما اسمي؟ أنا تائهٌ لا أعرف من أين أتيت؟ ولا إلى أين أسير؟ تعجب الرجل من أمري، فطبطب على كتفي قائلًا : حسنًا أنا أدعى هاتشفد كيف لي أن أساعدك؟

سلَّمت صفحة صدري لوجه البحر، وقلت متلعثمًا :ـ يا شيخي هل لي أن ألقي بهمومي في جعبتكَ؟ فخاطبني مُطَمئنًا إذ قال :ـ تحدث وأخرج ما بصدرك ولا تخشَ شيئًا. فأسرعت بالسؤال قائلًا :ـ هل أنت مؤمن؟ بدت عليه علامات الدهشة، فأمسك بذراعي قائلًا:

ـ تعالى معي إلى كوخي القريب.

كانت السماء قاتمة السواد، فسرت معه على شاطئ البحر، ثم دخلنا إلى كوخه، وكان حلقي جافًا فأحضر لي كأس ماء. جلست على أريكة بالية، فنظر نحوي في حين أشعل قبسًا وهو يقول: ـ لقد مضى زمنٌ طويل لم أسمع خلاله أحدًا

يتساءل بمثل هذا الكلام ليس لأنه لا يوجد في هِرَقْليون من هو غير مؤمن بل لأن حتى مجرد التفكير بذلك يُعد ضربًا من إلقاء المرء بنفسه في التهلكة بالنسبة إليَّ الأمر ليس بتلك الخطورة فالشكُّ أولُ طريق الإيمان لأن الباحث عن الله هو في واقع الأمر أكثر إيمانًا من أولئك الذين لهم قلوب لا يفقهون بها ولهم أعين لا يبصرون بها يسيرون في الحياة كالبهائم ولا يرغبون في التفكير أو التدبُّر وإعمال العقل.

نهض الحكيم، وأشاح ستارًا عن إحدى أحد الأرفف المعلقة، ثم التقط بعضًا من اللفائف، أفرد إحداها، ثم غرب عني، وعاد ممسكًا بقلادة لامعة. ازدادت حيرتي لأني لم أفهم ما يقوم به. وضع القلادةَ على اللفافة مطوِّقًا إحدى الفقرات، فإذا بها تشع نورًا مذهلًا أضاء ما حولها للحظة، ثم بدأت أشعة النور في الخفوت قليلًا. صحتُ قائلًا:

ـ يا إلهي ما هذه؟

قال في هدوء: ـ يحتاج العلم إلى الصبر فلا تتعجل. فأعدت عليه السؤال قائلا في جزع: ـ يا أيها المُعلِّم وكيف أصبر على ما لم أحط به خبرًا؟ اتسع فمه بابتسامة صادقة، فبدت نواجزه. وقال لي برويَّة :ـ سأروي لك منذ زمن ليس بالطويل جاء إلى كوخي رجل أشعث خائف يلتفت يمينًا ويسارًا وكأن أحدًا يتعقَّبه وقال لي إنه لا يمكنه الوثوق بأحد غيري كي يخفي لديه تلك القلادة، وطلب مني أن أبقيها عنده لأنه يخشى على حياته ورحل لكني بمجرد أن طوَّقتها حول هذا الكتاب المقدس سطعت أحرفه ضياء وتبدَّلت بشكل عجيب فأخبرت سرَّها وما بين السطور وكان ذلك الرجل تاجرًا هرب متخفيًا من روما حتى انتهى به المطاف إلى هِرَقْليون ومعه هذه القلادة. أسرعت بسؤاله قائلًا :ـ ولكن لماذا يهرب بها من روما؟ فأجابني بحكمة قائلا :ـ تبدو متعجلًا من جديد ولئن صبرت لتعرفن ما تريد.

ثم أردف قائلًا :ـ اصغِ لي جيدًا ذات ليلة أخبرت إحدى العرَّافات الإمبراطور هرقل بأنه سيسترد مملكته من الفرس الساسانيين وسيكون له ملك على الأرض لن تغيب عنه الشمس لكن ملكه لن يبقى طويلًا حيث صاحب القلادة سيسلمها إلى عمال آخرين قالت له إنها ستضيع منه وتؤول لرجل من آل إسماعيل مُبشَّرٌ به في التوراة فلمَّا سألها كيف النجاة من ذلك؟ أخبرته أن يسلم له وإلا فالخزي مصيره فغضب منها هرقل غضبًا شديدًا وأخرجها من قصره وهو مُرتاع.

عدت لمقاطعته وقلت :ـ وهل تحققت النبوءة؟ فردَّ الشيخ بفطنة قائلا :ـ اعتقدت بأنك لن تسأل فقد فقدها وخسر ملكه وتقطَّعت أوصال مملكته المترامية الأطراف. فسألته من جديد قائلًا :ـ وكيف وقعت بيد ذلك التاجر؟ تبسَّم الحكيم، وقال :ـ تمتع بقليل من الصبر لتعرف كيف وصلت القلادة إلى هرقل من الأساس؟ انتبهت

لكلامه وفطنتته لذا قلت:ـ أنا بين يديك يا سيدنا أسبح بكل جوارحي. صمت قليلًا ثم قال:ـ حسنًا أنت الآن تعرف ما تريد أن تعلم؟ انظر هنا. دقَّقت عيناي بداخل طوق القلادة المنير، فكدت أن أفقد بصري لبرهة قبل أن يرتد إليَّ؛ لأجد حروفًا كبيرة مشفَّرة لم أستطع فهمها.

مسحت عن عيني الإجهاد، وقلت متحيرًا:ـ لا أفهم شيئًا ما تلك الحروف المتباعدة؟ ما مغزاها؟ وبأي لغة هي؟ أنا لم أر مثلها من قبل قط. مدَّ كفيه فوق كتلة الضوء المنبعثة، ثم ردَّد قائلًا :ـ اللهم إني أخجل وأخزى من أن أرفع يا إلهي يدي نحوك لأن ذنوبنا قد كثُرَت فوق رؤوسنا وآثامَنا تعاظمت إلى السماء منذ أيام آبائنا نحن في إثم عظيم إلى هذا اليوم ولأجل ذنوبنا دفعنا وملوكنا وكهنتنا ليدِ ملوك الأراضي للسيف والسبي والنهب وخزي الوجوه فماذا نقول بعد ذلك؟ لأننا تركنا وصاياك التي أوصيت بها عن يدِ عبيدك الأنبياء؟ وطلب مني أن أركِّز بصري في عينيه، ثم رفع كفيه عند مستوى آذاننا، فإذ بشعاع نور حاد ومباشر كشعاع ليزر مكثَّف يمتد بشدة بين أعيننا. كان صوته يخفق عاليًا مترددًا صداه في أذني، بينما ظهرت أمامي صورٌ تحكي قصة وهي تتحرك وتتواتر من الماضي.

بدأت حكاية العهد بين الرب وسيدنا إبراهيم، فبينما تعهَّد النبي إبراهيم لله بأن يقوم وذريته من بعده بإعلاء كلمته وتنفيذ شريعته، تعهَّد له الله له بأن يكون نسله كرَملِ البحر وتراب الأرض، وبأن يهب آله الأرض المقدَّسة من بعده، شريطة أن يبقوا أوفياء له ولا ينكصون، فإن ينكصوا ما عاهدوا الله عليه يسلط عليهم من يسلبهم إياها، فيصيروا من بعدها أذلاء في الأرض، فأقرُّوا لله وكانوا على ذلك من الشاهدين. وبعدما أنجى الله ذرية إسرائيل من العبودية فوق أرض جوش صعد موسى حاملًا عصاه إلى جبل الطور، حيث تلقَّى الوصايا والألواح التشريعية التي أقرها الله، فأوصاهم موسى باتباعها جيلًا بعد جيل، وحذرهم من تركها وراء ظهورهم، ولإن يفعلوا اذلك فإن سخط الله وغضبه وضياع القلادة سيكون مصيرهم المحتوم.

مات نبي الله موسى، وقاد يوشع تلميذه بني إسرائيل، وحمل من بعده العهد. فاستطاع دخول الأرض المقدسة وفتحها. ثم جدَّد الله العهد مع الملك داوود، فجاء من بعده النبي سليمان، ورفع القواعد من بيت الله لعبادته، فكان مُلكًا عظيمًا لم ينبغ لأحد سواه، عاش فيه بنو إسرائيل أفضل عصور الرخاء. وبعد موته لوقت قصير، ظل يهود بني إسرائيل يتوارثون القلادة عبر أجيال تُبَلِّغ أجيالًا. وصاروا يؤمنون بأن بقاء ذلك المُلك مشروط بإيفائهم بعهدهم مع الله، فلمَّا حنثوا تشققت المملكة، وانقسمت إلى نصفين، وهجم جنود نبوخذ نصَّر على أورشليم، فاستولوا على القلادة واقتحموا أسوار المدينة، وقبضوا على الملك اليهودي بعدما خلعوا

له عينيه، واقتادوه إلى بابل يتقدم جيشًا جرّارًا من خدام الهيكل، ورؤساء الشعب، ومئات الأسرى من الرجال والنساء والأطفال.

وكان نتيجته أن هرب المئات وتشتتوا حول حوض البحر المتوسط كله، فاختلطوا بشعوب وثنية ما أدى إلى توريث كثير من معتقداتهم بالأسفار المقدسة حتى استبدلوا لغتهم الأم بآرامية. وبعد نحو ثمانين عامًا عادت أمة إسرائيل، لكنها رجعت مغتربةً فاقدةً لهويتها، ومستعوضة عنها بهويَّة جديدة. اختلط الزرع المقدَّس بشعوب الأراضي، وأعاد الملك كورش الكبير قلادة العهد إلى عزرا، وأرجعهم إلى أورشليم باذلا لهم لبناء البيت المقدَّس، وردَّ إليهم نفائس المعبد القديم التي كانت بخزائن ملوك بابل. وكان الشعب إذا قُرأ عليهم النصوص المقدسة لم يكونوا يفهمونها، فأوحى الله لعزرا بإعادة تدوين الكتاب المقدس بنص آرامي، مع ذلك اختفت العديد من الأسفار العبرية، وأحرقت الكثير من شريعة موسى. وعاشوا بعدها عصرًا مزدهرًا كانوا فيها عبيدًا لله الواحد.

ولكن ذلك لم يدم حتى هدم البيت المقدَّس من جديد بعدما عادت التحزُّبات، فانقسموا لفرقتين، لكلٍ منها حزبها وشيعتها التي تناصرها، فكان الفريسيون الذين تزعَّموا عزرا، فانصرفوا إلى الاهتمام بالوصايا، واستحوذوا أكثر على الحياة الدينية والروحية. وسبقهم الصُدُّوقيون فكان لهم تأثير سياسي أكبر، فكانوا يؤمنون بأسفار خمس ويرفضون الأخرى، وكانت أهم عقيدة لهم على الإطلاق هي تصديقهم المطلق لنبوءة المسيح المخلِّص المنتظر، ورغم خلافهم الشديد مع الفريسيين فقد اتفقوا وإياهم على معاداة يسوع والإيقاع به. في الأثناء انغمس الكهنة بالسياسة متأثرين بالوثنية، واستخدموا المكر والدهاء في التمسك بالسلطة. كانوا جشعين يستغلون مناصبهم لتحويل بيت الله إلى مكان للتجارة وكسب الذهب، كانوا يستنكفون عن العبادة القلبية ولا ينفكون يقيمون طقوسا صورية.

ولمَّا جاء إلهم المسيح المخلِّص الحقُّ الذي اختلفوا عليه حاول الصُدَّقيون توقيعه بمشاكل من نوع هل سيطبق الناموس بدل القانون الروماني؟ أم إنه يريد أن يكون ملكًا لليهود متمردًا؟ وقام كبير هم بمنح القلادة لهيرودس الذي كان مُنحلًّا أخلاقيًّا يعيش على الرشوى الممنوحة له من الأحزاب المتقاتلة في روما. وكان قبل ميلاد المسيح قد أمر سنة 19 ق.م بإعادة بناء المعبد الذي دُمر للمرة الثانية، واستمر البناء حتى بعثته. آمن الكثير بيسوع من كلا الفريقين، وأقرُّوا له بأنه مسيح الله المنتظر من نسل داوود الذي تنبأوا به؛ ليعيد أمجاد المملكة العادلة، في حين رفضه الكثير منهم، وأنكروه. وقتها أخبر هم بعض من تلامذة المسيح بأنه جاء ليحقق العهد الجديد، وبأن دوره هو أخذ البشرية للجنة، وإعادة تطبيق شريعة الله التي أنزلها،

وبالالتزام بها يمنحون عطايا أخروية، وليست دنيوية فقط؛ لذا عارضوه، ومكروا له.

وكان شاؤل الطرطوسي الذي لم يرَ يسوع قط فريسيًّا متشددًا، من بين الفريق الذي أنكر أن عيسى هو المسيح. كان عدوًّا حقيقيًّا للمسيحية منذ بدايتها، أراد أن يملك العهد لكن التلاميذ لم يقبلوه، فأخذه برنابا وأحضره لبعض الرسل فحدثهم كيف أنه أبصر الرب في الطريق؟ وكيف كلمه؟ وكيف جاهر بدمشق باسم يسوع؟ كانت عقيدته التي جهر بها عليهم أنه مخلوق سماوي أنزله الآب ووضعه في رحم السيدة مريم، وأصبح في الهيئة إنسي عندما ولدته، وقال :ـ

ـ لأنه يوجد إله الله الآب أبو ربنا وسيدنا يسوع ووسيط واحد بين الله والناس الإنسان يسوع هو ليس الله ولكنه ليس كباقي البشر.

وكان يعقوب، وبرنابا، ومرقس، وبطرس من الذين وافقوا على عقيدته. لكن برنابا أشار عليه بأن يأخذا معهما مرقس، وأما بولس فاستحسن أن من فارقهما لا يأخذانه، فحدثت بينهما مشاجرة وفارق أحدهما الآخر، فأخذ برنابا مرقس، وسافر في البحر إلى قبرص، أما بولس وبطرس فتوجها إلى روما، ولمَّا كانا يتعاونان في تأسيس كنيستها كانت الحروب الأهلية فيها على أشدها، بعد أن وصل نيرون إلى السلطة وتحريضه على كنيسة بولس. خشي بولس على حياته فاستدعى مرقس، وصارت له القلادة فعاد بها إلى محلِّ ميلاده بالمدن الخمس، ومنها إلى الواحات الغربية، ثم صعيد أرض القبط، حتى دخل الإسكندرية ليكرز فيها. وفقد نيرون عقله، وراوده خياله في أن يعيد بناء روما، فدبر لحريقها، وبينما كانت النيران تتصاعد كان جالسًا في برج عال يتسلى وبيده آلة الطرب يغني أشعار هوميروس التي يصف فيها حريق طروادة.

بعدها احتاج لكبش فداء فألصق التهمة بالكنيسة الناشئة، واستمر المسيحيون يساقون إلى المحرقة حتى قتل بولس وبطرس بفصل الرأس، وسقطت أورشليم وهدم المعبد على الرؤوس من جديد سنة 70م، فاختفت القلادة بعدها إلى حين، فيما اعتقدت الكنيسة السكندرية في اختفائها أنهم بصدد الدخول في عهدٍ طويل دام من الاضطهاد.

ـ هل انتهت بذلك الحكاية أيها الجليل؟ أرجوك أخبرني كيف تسنى للقلادة أن تعود؟

كان ذلك بإحدى الليالي عندما ظهرت السيِّدة العذراء لفتاة في الثامنة عشرة من عمرها يقال لها كاترين، ظهرت تحمل المسيح وتطوقها بها، فقامت لوقتها وتعمّدت. وبقيت على العهد حتى أُمر بقطع رأسها، وقبل استشهادها شعرت بأنها ستساق إلى الموت، فأسرعت إلى البابا بطرس الأول وحمَّلته الأمانة، لكن بعد

سنوات قليلة قبض عليه من رجال الإمبراطور مكسيميانوس وقطعوا رأسه. حرص البابا إلكسندروس الأول من بعده على حفظ العهد حتى وصل قسطنطين العظيم إلى الحكم، فأهداها له مقابل التعهد بإنهاء اضطهاد المسيحيين، ووعده بمُلكٍ عظيم يُخلِّد ذكره في التاريخ، ليبدأ المسيحيون عصرًا جديدًا مغايرًا، وقد دعا لعقد أول مجمع مسكوني في نيقية للبت في عقيدة آريوس الجديدة، لكنه وبفضل السلطة النافذة التي أعطاها قسطنطين للبابا السكندري وفقًا للعهد أمر بتحريم عقيدة آريوس، وإقرار عقيدة الطبيعة والمشيئة الواحدة على كل كنائس الإمبراطورية، حتى صار للكنيسة القبطية اليد الطولى في حماية الإيمان المسيحي الأرثوذكسي الجامع والوحيد المتفق عليه، وهكذا بدأ عهد جديد من الخلاف.

شعرت بصدى صوتي يهدر من بعيد قائلًا :

ـ ولماذا نشأ ذلك الخلاف القديم الجديد؟

ـ يا بني لقد اشتروا بكلام الله ثمنًا قليلًا فاستغلوا العهد لغاياتهم.

صمت الحكيم هنيهة، ثم عاد قائلًا بصوتٍ خفّاق في العلا يكاد أن يأسرني :

ـ هؤلاء الذين يكتبون الكتاب بأيديهم ثم يقولون هذا من عند الله.

انقطعت الصور المنهمرة أمام بصري، وتبدل الظلام فكان هدئً ونورًا ساطعًا، كنت خلاله أسبح بجناحين كبيرين بعيدًا في أفلاك محلِّقة، لقد تحررت نفسي من كل قيود الجسد الآسرة ومن خوفي بينما أقول:

ـ أو ليس العهد القديم لكل الأمم؟ أم الله لليهود فقط؟

ـ بلى لكن الكتاب الحق هو الذي أوحي به للرسل من ثم دوِّن بطريقة متتابعة بشكل ما يحفظه من التحريف خلال عمليات النسخ.

سألته بينما نجلس في الملكوت قائلًا:

وماذا حدث مع القلادة بعد ذلك؟

بعد انقضاء مجمع نيقية بزمن مات قسطنطين العظيم، وقد أوصى بإعادتها إلى الكنيسة القبطية التي كان على رأسها البابا إثناسيوس الذي تمكن من الوصول لباباوية الكنيسة بدعم من قسطنطين بعد نياحة البابا إلكسندروس، وبعودتها إلى هرَقْليون ناضل البابا متمسكًا بما أصدره مجمع نيقية من قرارات، ومحاربًا عقائد الطوائف الأخرى المنشقَّة، وعقد مجمعًا محليًّا بالإسكندرية لبحث هذه الدعاوي. ولمّا سمع الإمبراطور بتجدد الانقسام، وافق على طلبه بعقد مجمع مسكوني في القسطنطينية. كان مجمعًا شرقيًّا بامتيار لم يحضره أسقف روما رغم توجيه الدعوة له، وكان البابا ثيوفيلوس تلميذ أثناسيوس يحظى برضا الإمبراطور، وأصرَّ على إتباع عقيدة أثناسيوس القائلة بوحدة الجوهر، والطبيعة، والإرادة، وأقرَّ بأن تصور أثناسيوس الرسولي هو التصور الوحيد الصحيح.

وبقيت الكنيسة القبطية متفردة بالسلطة على كنائس الإمبراطورية طوال عهد البابا كيرلس من بعده برغم خروج أصوات من القسطنطينية بزعامة نسطور وكان هو الذي واجهه. ولكن الأمر تغير بعد نياحته حيث تسلل رجل يهوديّ إلى الكنيسة، وسلب القلادة خلال قداس الوداع هاربا بها إلى القسطنطينية. وسلّمها لزعيم النساطرة مقابل جرة ذهب، فحصدوا علاقة قوية بالإمبراطور، وتمكنوا من إقناعه بالانشغال بأمور مملكته وترك الأساقفة للبحث الإيماني. وبينما تتضعضع قوة الكنيسة القبطية أصبح لبابا روما التأثير الأكبر، واستمر الشقاق طويلًا، ما أدى إلى انقسام الإمبراطورية إلى شرقية بيزنطية وغربية رومانية، حتى كانت للإمبراطور البيزنطي هرقل الذي استردَّ هِرَقْليون من أيدي الفارسيين لبعض الوقت.

بدأ صوت الحكيم يخفت رويدًا رويدًا، في حين يقول :

ـ لكن نبوءة العرّافة تحققت وعادت إلى هِرَقْليون ويشاء لها أن تمكث على الأرض إلى حين يوشك أن يعثروا عليها فيتجدد الصدام بين الحقّ والباطل.

دفعتني كتلة هوائية شديدة، فأمسك الحكيم بيدي، لكنني تساقطت منه قبل أن أقول :

ـ أريد أن أعرف لماذا غرقت؟

صاح الحكيم من الأعلى وهو ينظر لي، فسمعت صداه يقول :

ـ لأننا لم نكن أوفياء على العهد فقد شاء الله لها أن تضيع وتغرق كما غرقنا نحن في الشبهات.

ـ أما قلت إنها نجت معك؟ أما استعدتها لتحفظها من الغرق؟ فهل سيحل السلام يومًا على الأرض المقدَّسة؟

عاد صداه يرج في فلك السماء، ويقول :ـ إن شاء الله ستعود لكني لا أملك من أمري شيئًا هي مشيئة الخالق وحده وقد شاء لها أن تغرق أمدًا طويلًا في أعماق هِرَقْليون بعدما انزلقت البشرية في وحل الكراهية وغرقت في بحور الدم وبدلًا من تطبيق العهد وإفشاء السلام تنازعنا وتفرقنا وصار كل فريق يدّعي أنه يملك البرهان من الله ولمَّا خالفنا العهد حقَّ علينا القول.

ثم هبطت بسرعة البرق من السماء فوق محيط لجّي، فناديت عليه قائلًا :ـ أيها الحكيم أغثني سأغرق. فتردَّد صوته في أذني، كأنه من مكان قريب يقول :

ـ لا يغرق من استمسك بعهد الله المتين.

صرخت بكل عزمي وأنا أتداعى قائلا :ـ هل سأنجو؟ ولكن قبل أن أسقط بالماء قال لي بصوت مجلجل في الآفاق :

ـ اقتربت الآجلة وليس لها من دون الله كاشفة ولتعلم أنها فانية فعِشها بسلام تَسلم ولا تَظلِم فتُظلَم ولا تلهث وراءَها ولا تَطمع فيها فتَهلك ولا تُخدع بها فتَفسد.

***

كمن يغرق حتى كادت أنفاسه تنقطع، ظل يحيى يصرخ قائلًا :ـ لا يمكنني التنفس إنني أموت. كان غارقًا في أثيره، فلم يك يشعر إذ تنادي عليه كارمن وهي تُرجفه قائلة :ـ يحيى أجبني من فضلك ماذا يحدث معك؟ يحيــى؟ فقال :ـ لا أعرف إنني أغرق وسأموت. رأته كارمن مفزوعًا، فصاحت به في الظلام قائلة :ـ يحيى هل سأموت معكَ؟ فردَّ قائلا :ـ لا لن أدعكِ تغرقين أمسكي بذراعي. حاولت كارمن إفاقة آنا، فنادت عليها قائلة :ـ آنا أجيبيني من فضلك. فردَّ يحيى وهو مغمض العينين ينتفض قائلًا :ـ آنا؟ لا لم أرها هل تكون غرقت؟ ثم أخذت آنا تردد وهي تفزع في غفلتها قائلة:ـ إنهم يتهموننا باغتيال سام. فردَّ يحيى قائلا :

ـ ليس بعد فالصراع لن ينتهي.

انفزعت كارمن، فجعلت ترجفها وتصيح فيها قائلة :

ـ آنا؟ أفيقي أرجوكِ انظري حولكِ افتحي عينيكِ يا آنا.

اقتحم الزنزانة عدد من رجال الأمن، أضاءوا كشّافات السقف، ثم قالوا في وجل:

ـ معذرة أخطأ جهاز كاشف الوجه في التعرف عليكم يمكنكَم الانصراف الآن.

فصاحت بهم قائلة: ـ لكن بأي يوم نحن؟

فأجاب أحدهم قائلًا: ـ اليوم هو التاسع من فبراير تفضلوا معي.

فقال يحيى مضطربًا: ـ لكن إلى أين نحن ذاهبون إذن؟

اندفع المشرف بين الحراس، وهو يقول بهدوء :

ـ إلى منازلكم سننهي الإجراءات وترحلون على الفور.

نظرت آنا فلم تجد ساعة يدها، أخذت تبحث عنها في حقيبتها بانفعال شديد، ثم صرخت قائلة:

ـ لكن القلادة أنا لا أجدها كانت هنا أين القلادة؟

يتبع

Don't miss out!

Visit the website below and you can sign up to receive emails whenever Ahmed Gamal Abe El-Nasser Abd Abd El-Rahman publishes a new book. There's no charge and no obligation.

https://books2read.com/r/B-A-XRGP-QHWQB

BOOKS2READ

Connecting independent readers to independent writers.

About the Author

طبيب بيطري مصري من مواليد مدينة بورسعيد عام 1991م. بدأت الكتابة في سن الثالثة عشر عندما شاركت في مسابقة عن العدوان الثلاثي على بورسعيد خلال احتفالية المحافظة بعيدها القومي حضرتها السيدة سوزان مبارك وافتتحت معها مكتبة مبارك العامة. شاركت في عدد من الأعمال المسرحية بالمكتبة العامة. توقفت عن الكتابة لمدة عشر سنوات لعدم اهتمامي بالنشر. عدت إلى الكتابة عام 2019 وصدرت لي سلسلة قلادةالعهد عام 2022